湖山拥福 田地生辉

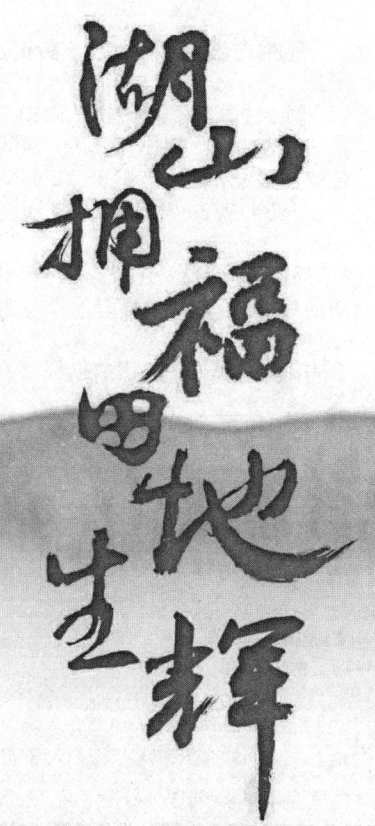

HUSHANYONGFU·TIANDISHENGHUI

第二届"福田杯"
文学大赛获奖作品集

福田杯文学大赛组委会 编

敦煌文艺出版社

图书在版编目（CIP）数据

湖山拥福，田地生辉：第二届"福田杯"文学大赛获奖作品集 / 福田杯文学大赛组委会编. -- 兰州：敦煌文艺出版社，2019.12（2022.1重印）
　ISBN 978-7-5468-1452-0

Ⅰ.①湖… Ⅱ.①福… Ⅲ.①中国文学－当代文学－作品综合集 Ⅳ.①I217.1

中国版本图书馆CIP数据核字（2020）第004911号

湖山拥福，田地生辉：第二届"福田杯"文学大赛获奖作品集
福田杯文学大赛组委会　编

责任编辑：杜鹏鹏
封面设计：韩国伟

敦煌文艺出版社出版、发行
地址：（730030）兰州市城关区读者大道568号
邮箱：dunhuangwenyi1958@163.com
0931-8773114（编辑部）
0931-8773112　0931-8773235（发行部）

三河市嵩川印刷有限公司印刷
开本　880毫米×1230毫米　1/32　印张　5　字数　130千
2020年1月第1版　2022年1月第2次印刷
印数　1 001～3 000册

ISBN 978-7-5468-1452-0
定价：32.00元

如发现印装质量问题，影响阅读，请与印刷厂联系调换。
本书所有内容经作者同意授权，并许可使用。
未经同意，不得以任何形式复制转载。

目 录

001 / 福田，蝶变的华篇　姚志波

003 / 福田得福　陈俊舟

006 /《春天里的福田》(二首)　东海风

009 / 大美红雨湖(三首)　梦 阳

011 / 在福田，白鹭用振翻的方式舞动红树林　徐东颜

015 / 美丽福田之韵　曹新

017 / 福田美学凝固的风采，或傲骨　苏要文

021 / 福田，挥不去的梦　黄越

023 / 福田，深圳之心　陈建墙

025 / 福田福地，美好时光　王超

031 / 福田记　陈才锋

034 / 福田诗笺(组诗)　刘建华

041 / 福田组章(四首)　张伟彬

044 / 你看你看，那天空的使者　叶瑞芬

047 / 启用光阴之钥，打开福田内在的辽阔　祝宝玉

050 / 福田，一湾浅浅的思念（组章）　刘向民

053 / 福田：铺开或卷起的画卷　孙凤山

057 / 关于福田的修辞　杨文霞

061 / 游福田　王智汪

062 / 鹧鸪天·福田　王智汪

063 / 遇见福田（组诗）　温勇智

067 / 红树之歌　祁念曾

070 / 莲花山的春天正紧锣密鼓赶来（外一首）
　　　　刘桃德

072 / 鹭舞红林　我心飞翔　公孙千里

074 / 深圳，我的异乡，我的故土　刘学

076 / 深圳速度（组诗）　李洪振

080 / 途经福田，邂逅一阕诗意的缱绻与摇曳（组诗）
　　　　毕桂涛

083 / 水调歌头·夕阳红　饶玉林

084 / 福田医者——您是守护我们的天使　周林

086 / 福田　赵媛媛

087 / 福鸟——福田观鸟杂记　江明

090 / 福田，我的幸福驿站！　漂梦

095 / 凤凰花又开　王芹霞

098 / 福田生活笔记　谢文华

104 / 湖山拥福，田地生辉　席雨琪

109 / 市民广场上的灯光　王成友

115 / 逛侨香　王工一

119 / 登福田莲花山　周林

122 / 春风吹过莲花山　邱华乐

125 / 圣山莲花山　陈浩

131 / 二十年后，再看福田　胡瑛

134 / 父子二人的福田梦　雷叶武

138 / 精神城市　梁罡烙

143 / 深南大道走几遭　东居

145 / 暖流　袁斗成

福田,蝶变的华篇

姚志波

一只蝶在阳光下破茧而出
它的羽翼轻轻一动
就给海滨胜地驮来了吉祥和安康
三月的福田草长莺飞
天地间一派诗画交响

大地为轴,风云变幻
福田,一个诗情画意的地方
温暖的名字,它就像一颗永恒的星星
在中华文明浩瀚的夜空里
无时不在绽放着璀璨的光芒

历史风云多变化,转眼沧海变桑田
庄周梦里那只诗意的蝴蝶
仿佛就来自诗画福田,这生态名城的
绿色心脏,生态画廊

今天，放眼蝶变的美丽福田
每一处风光旖旎的景致
仿佛都落满了蝴蝶诗意的翅膀
这些翅膀轻轻一动，诗画交响的
福田大地，就呈现出一派前所未有的
吉祥和安康

福田得福

陈俊舟

福田得福
一看地名就有福
湖山拥福
田地生辉

福田
你是深圳的中心
你是地标中的核心
你是连接福音的轴心

福田的风水
一向是和风细雨
南巡春风启程的地方
就在你滋润的臂弯里

中国开放的画卷
从你这里开始起笔

湖山拥福，田地生辉

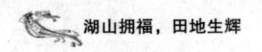

浓墨重彩的成就
也是从你这里下载

沾着福田的吉祥
改革开放的进展一路顺畅
通往福田的每一条路径
都缝合着多少喜庆的过往

大脑壳山装满了智慧
深圳河里流淌着汹涌激情
白尾石上篆刻着时光印记
黄竹山上林立着排排写意

把丘陵山地叠成酒盅
盛满新时代的豪言壮语
为祖国七十年的春绿秋黄
奏响震撼世界最美的音符

在福田的大街小巷
背着双肩包的游客
都在歌声中寻求新的渴望
海螺吹起了欢快的喇叭

福田有福

福满福田
只要在你这里走走转转
一身福相恰似换了容颜

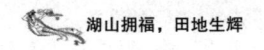

春天里的福田（二首）

东海风

站满了风和湿漉漉的眼睛
在众多星群里我看见大海朝东
随后向南，在一个老人的海边
辨认母亲和大陆，从不会迷途
我的青春是一块渴盼阳光雨露的有福之田
播种，收割，以日月为镰刀
春耕秋收，每个人的内心都是金黄的田野
南方的水稻，北方的麦子，都颗粒饱满
有蚂蚁和蜜蜂的勤苦
有蝴蝶和蜻蜓的轻盈
蓝领和白领都有一样的汗水和体香
有人默默奉献在底层
有人独领风骚在前沿
我爱，这生活
随后在诗歌里诞生
众多有福之人，都有一片肥田沃土
你有你的鲜花

我有我的松柏
我有我的诗歌
你有你的月色
我们站在美丽的大鹏湾
高举金秋十月的旗帜回首春天

在深圳歌唱春风的人

在深圳歌唱春风的人就是春风
吹动红棉树
红棉树的街道上开一些莲花
莲花山下最美最温柔的
是青春的花朵
莲花山下最甜最可口的
是秋天的果实
最恢宏盛大的是日出
最沉静清凉的是月明
我也在一只蚂蚁的空穴歌唱
我还在一只蜗牛的窗口写诗
海风是深圳的呼吸
海浪是深圳的心跳
春天美好得如同孩子的脚步
只是我现在离群索居
除了祖国和母亲我只与自己说书

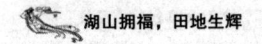

音乐以国歌为背景
海风吹乱我的头发但心不乱
它有一片海的辽阔
它有一滴水的光亮
使得我好好地只在深圳歌唱春风

大美红雨湖（三首）

梦　阳

黄昏，一只天鹅飞临

那一刻　所有的草都肃立
一只洁白的天鹅　倏地抵临红雨湖
苍苍的蒹葭上　闪烁着波澜的光芒
被风梳理过的羽毛　无意间完成了美的布道
浮躁远去　禅意氤氲
仰望的目光　纯澈无比

阳光　一寸寸地薄了下去
轻盈得　仿佛透明的蝉翼
那只天鹅　就那样站在一小片橘红色的水域里
一如沉睡千年的石头
任由黄昏不动声色地　轻轻撩拨

隔着水　我们对望着
什么都可以想　什么都可以不想

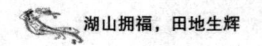

拈花微笑 是随时的事

湖水醒着抑或睡着 都已无关紧要

红雨湖

这大地的眼睛，谁来守护

蔚蓝的经卷，谁来诵读

这一切，只有你最清楚

夜深了，顶着风

月亮小心地，用银碗将这一切拥住

此刻，躺在这纯净的碗里

和你对望，谁还会孤独

红雨湖

水　满湖

画　满湖

都让纯澈的碧水　漂洗成了一轴不老的经卷

风　翻千年

雨　读千年

在福田，白鹭用振翮的方式舞动红树林

徐东颜

1

白鹭是会飞的诗者，不是我写的
是它们自己把意境写进雪
把语言写到红树林为止
用成捆的鸣声，转换深圳湾的海水
用突如其来丰富冬天，推搡春天
交颈后的理羽，泛滥比四季还久的日子

这铺天盖地的大雪，覆盖湿地与红树林
漂白秋天，表白冬天
惊天动地的群舞，雪白一切时间
逼退独舞的海浪，返青所有的事物
从天而降的辽阔来自天意，绝非偶然
茁壮的海滨生态公园，将人间变成天堂

2

大白鹭与小白鹭，过自己的日子

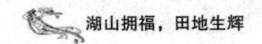

不否认自己姿态优雅,肯定自己光彩夺目
给青天新的元素,为人们倾斜兴奋
集合的境界,总是执白先行
羽翼下分蘗翱翔,足音下排闼云朵
成百上千的鹭鸟,组成福田红树林的二维码

我眼中的白鹭,用一行行支付蓝天
用爱的信誉和鸣红树林,敢于风声和水起
告诉你大朵的雪花到了,昨晚到的
身在此地,表达不要休眠
鸣声要么轰轰烈烈,要么无穷无尽
伴海的振翮渐渐褪去,悠哉的鹭鸟托起尘世

3
白色是红尘中最斑斓的颜色,月光也是
还好红树自己不知,月光也是
深圳湾的海风大,白鹭灵犀飞扬
这白色的处方,让红树林白得令人窒息
羽翼下的郁郁芊芊被天使吻过后,坠入海湾
有的成为海水的一部分,有的加厚月光
在红树林,白鹭有远亲有近邻
白色成为最不孤独的颜色,白过万籁俱寂
暴动的云朵被深圳湾全部认领,白上加白加灰
难得的歌舞升平,对谁都是好消息

鼓起无声无息的勇气，在葳蕤里浩荡
与白鹭一起努力，不顾一切

4
白鹭用直觉接受神秘力量，领悟秘密
用行动昭示自己的光芒
秋天顺着洁白的身体往下掉，倏忽间
有血有肉的绿色，让人间丰满
人人都是声音控，白鹭繁华的声音
饱满了少女的唇，呢喃轻轻走来

被白鹭包围，红树林多么奢侈
我逝去的青春加速度返回，将美好静止
移动的调色板腾起波澜不惊，化我心境
单色调的惊世之美，让海面光滑细腻
我与白鹭一样赤手空拳
我与白鹭一样张灯结彩，睡到自然醒

5
白色是自己的，与红树林无关
一只只觉醒的白鹭，用集合驱散黑暗
用洁净的白一掠而过，做云朵的信徒
为向上的鹏城举昂首之力

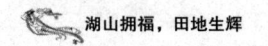

给福田带来轰轰烈烈的修辞，还有风度翩翩
青脚鹬不语，真相已大白

白鹭与秋分平起平坐，和春分平分天下
在福田建立自己的根据地
一行白鹭上青天，红树林最懂
树下静水流深，树上成群结队的笑一直在动
事实上，白鹭自己一直岿然不动
留鸟不藏身，我像白鹭一样不动声色

美丽福田之韵

曹新

海岸在潮涌,播下清新的密码
从笔架山遥遥来看,一个城市的面纱被缓缓揭开
让风掀动朦胧之美,亮起福田这幅美丽画卷

所谓浩荡,在奋发的火焰中凸现,忘不了一次次使命的启航远征
站在这里,莲花山走出的伟大步伐,从未停止

山水,是一种模仿和象声
夕光,优雅笔画出一个民族的神思和崛起,让缅怀来得再猛烈些吧!
一手一手送出众多的大地颂词

一束鲜花,陪着一路改革前行的芬芳
深深呼吸,攥一串串宝绿色感叹
身体不由得变成象形字

漫无边际的蓝,见证了丰年和幸福
桥头堡的云朵和草原多么相似,空灵而多彩

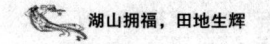

鹏城的荣耀，却是一生之久
夜幕降临时，世界之窗光彩照人，种下关于东方无数的膜拜

福田美学凝固的风采，或傲骨

苏要文

1
一再造访。我在我的诗行里，学习禅悟。纵横恣肆
植下福田美学善果的隐喻，一枚通灵宝玉的铿锵韵律
荷叶田田的安寝，飞跃的山水，于是沾染几分空灵逸趣

由来已久。喜欢鹭舞红林，莲山春早，深南溢彩，愁肠百结
淬炼的清音，像玉石质地的回旋，温暖光亮，缱绻的
生活，毓秀钟灵轮回出，港口立城工业立区丰饶曼美的人间

人文福田，浴火重生，在时光里沉潜。如翡应对漩涡与暗流
储满风声，雨滴，阳光，筛掉锈蚀，陈腐，杂质

止水微澜。深圳河深圳湾，被招安的温馨与笃定，抑扬顿挫
母亲河波光潋滟里的前尘旧梦，深圳速度大气磅礴的幕帷
耐不住，把风花雪月，植入北纬 22° 脉动，饕餮沉湎
绿城蓝颜盛宴，革故鼎新，那一缕熹微的晨光。与自己邂逅
智造，绿美，共享，以花开的声音，低吟浅唱。修炼相融，

湖山拥福，田地生辉

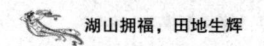

产城和合，美学之光开始滋生传奇，成长的经纶和论证

鹤舞鱼翔，颐寿禅宗的砥砺，把芳草萋萋的墨宝，泼洒下来
莲山春早辞，反反复复。字里行间，淋漓尽致的主题
为郁水朱华，青山碧水的生动，海上田园，修辞的葳蕤
五彩缤纷岚影，绿野仙踪打造的执着，芳心荡漾
秣马厉兵的救赎。海丝余晖的凯旋，云里藏月，占卜
改革洪流。找到了画龙点睛的润色，图腾。波澜也就壮阔了

2
在南海郡地下沙风情的逆光中行走。万尘归一，欸乃着心跳
紧迫的事物，光怪陆离。跌宕起伏的涛澜，昂奋的思想
倾情质量强区，福田智慧的醒悟，上升，再出发

田田复田田。40年改革开放的珠联璧合，互联网+的助力传颂
湾还是那道湾，水还是那道水。旖旎园林湿地，生态绿道
婀娜的舞美，临摹的笔尖，却犀利的分割，打点
莲山春早绿色原乡，群芳斗艳原始拙朴的雕琢，与刻画

辗转初衷。弘德崇文，略施粉黛地修复。一枚新词，取出火焰
安居的底色，让内心柔和。洞开的灵犀，桃源上泅渡
内蕴丰富。在桀骜岁月，晕黄的词牌里，运筹帷幄地突围

科技兴城的颠簸和新风。意象缥缈，城区拓展规划，产业开发

淡雅的眷顾，像花一样的分蘖，充盈之美，提炼纯粹的芳菲
园博新园赛格观光氤氲流韵，得天独厚创客之城浩然雄风
巍然屹立。活力福田，紧紧攥住自己的名字和威严，调养生息

3
镶嵌于一朵桃花的轻盈。福田美学迤逦情调，均是滑翔的天籁
养精蓄锐地凝眸，关关雎鸠。荔海听涛农科坪山惊艳四方的广袤
一颗乡心，站在新石器遗韵，青铜瑰宝，海湾沙丘，风调雨顺
粤港澳大湾区文明的高度，均匀分配的寸土寸金上，感慨万千

山水皈依。雍容华贵，茂盛的纹路，制度，科技，责任
——打开身体里的灯笼，就像千锤百炼的岭南热土，卫星城的
气宇轩昂。民生福祉，明澈的集合，缠绵，信马由缰
拓展了，奔流而下的时间，或空间。朗朗乾坤，以史为鉴的涅槃
生态绿城惜墨如金。摧枯拉朽。湾区核心路，安插了翔舞的翅膀

柳浪闻莺，锦屏落玉，衍生而出江山社稷的遣词造句，送来
黄金的色彩。王勃，高适，陆游，淡泊明志里归来。珠江口辐射的
音律，抖落寒霜的比拟，开阔处独立。互相的照耀，肃穆，妖娆

从珠三角客家之都典籍里苏醒。在一阕唐诗宋词平仄里，酩酊
深圳速度时尚之城善行诗路美学凝固的风采，或傲骨，一诺千金
神祇的呢喃，渗透一只琥珀的眼，泠泠流下了幸福的几行清泪
闲情逸致，清泉细雨，伫立的风范与钙，安抚的热爱，励志行囊

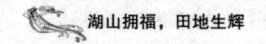

深圳蓝厚积薄发的掌纹,一路根植的生命线,梳理了粗犷和深远
擦亮历史的年轮。鹏城辞典里迂回。在我的眸湖,充满神性
天之骄子创意福田青葱的乐章,惠风和畅,恍惚一枚绿叶的抒情

福田,挥不去的梦

黄越

一回首,光阴流过福田的每个角落
像历历犹在的梦
西南湾畔,天落下沙
是夜晚的流星坠落的吗
带来宇宙之外的秘密和财富
风情街里,访古阅今,脉脉有情
下沙牌坊下的留恋
黄思铭公世祠的前世,陈杨侯庙的香火
点亮了佛祖像的前额

荔枝公园,娉娉婷婷,拉起
莲花山公园的裙摆,要为时代跳一支舞
福田的姿态在旋转中,姿态翩然
鹭舞红林,嘟起她的小嘴,也要
用芭蕾装扮自己,纵情时
惊起裙下精灵一样的白琴鹭、黑嘴鸥、小青脚鹬

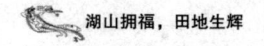

静静的风,衔来墨色书香
皇岗村里文字镌刻的骨肉,诗意的生活
绣出小桥流水的人家厅堂

梦里的家乡,让我不愿醒来
天空作物园的未来梦,又让我迫不及待钻进去
看一看,里面藏着多少华夏民族的企盼,在
福田架起了一座鹊桥,我们一起走上去,去那个叫未来的家

福田，深圳之心

陈建墙

谁不赞美这样的地方
每当我独自站在深圳河边
远望那一条条宽敞明亮的街道
心思会不由自主地
跟随河水的节拍流进
楼房与楼房之间敞开的道路
像一个寻宝的小孩童
乐趣满满的，翻找
这一块土地的每一个角落
寻找被它掩埋的宝藏

你不必惊讶它有序规整的高楼
也无须赞叹它的科技魅力
在这里，人们可以自豪地宣称
它是未来之城的模型
是当之无愧的深圳心脏
特别在那夜深人静的时刻

湖山拥福,田地生辉

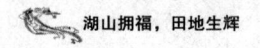

当你站上黄竹园的山脊
放眼环顾脚下的福田
那如梦如幻的灯光景象
就足以令你着迷,如醉如痴。

它那独特而壮美的风貌
奇妙的融合了过去的传统
也不忘对于未来的探索
百万人口在这里生活
无数的梦想和愿景
在这块小小的土地上存续
难道有谁不赞同它是一块福地
每当我独自站在深圳河边
我的灵魂无不为这颗城市的心脏
充满活力的跳动而感到震颤

福田福地，美好时光

王超

福田福地，美好时光

湖山拥福，田地生辉
风从岭南吹来，涤荡在北回归线以南
丘陵，山地，海滩，编织起起伏伏的锦缎
在福田，变幻四季最美的时光

那些花儿永远新鲜，露水晶莹
福田在四季如春的气息里，万象更新
城市空间与田园牧歌交相辉映，山海相守
还有鲜花环绕的私语，在七十八平方公里
的纸上，渲染蒸蒸日上的意图

时光早已洞穿了潮流的浩渺，城市
在绿色中崛起，一半是水，一半是火，水火
激荡，浪花与鲜花编织赶海的神话
福田在春深里，种下梦想的希冀

湖山拥福，田地生辉

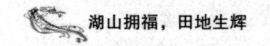

深圳湾积累深厚的海基泥泽，为江山
蓄意，红树葳蕤，荔枝甜美，广厦空间更加
洁净，城市擎起如龙的脊背，披挂于福田
这簇拥的锦瑟与丝绸，高举绿色崛起的词牌
撰写福田福地辽阔的命运与诗章

印象莲花山公园

三五只青鸟在空谷练习飞翔
蜂蝶自来，一次次接近花香，更接近一座
叫作"莲花山"的公园

莲花山公园坐落在深圳市中心北端
仿佛一朵莲花在鹏城腹地悄然绽开
东、南、西、北皆有出口，洗濯尘肺，而美丽
划出天际，涤荡在莲花山公园每一个角落

来此，不必带着尘世的繁喧，不必
惦记内心的忧愁，风载琴音，花开喜悦
光滑的青石铺就蜿蜒如歌的小路，棕榈、椰林、小草
披上新绿，铺展南国优美的风情

灰喜鹊飞上枝头，啼鸣绿水青山
你可以去风筝广场放风筝，放飞一种心情

你可以乘一叶扁舟，划向五万平方米的人工湖
你也可以登上莲花山顶，溯读"莲花春"的
美丽宏图，看江山如此多情

草木萋萋，四季如歌，凤凰木仍在
山的向阳面，恣意生长，它美丽的姿态如
爱的图腾，莲花山东麓谷底之中，玉林溪谷
正在谱写热带雨林的气象，她漆着碧绿的光芒
微微地战栗着

走过深圳市民中心

像是漫步在梦幻的时空，更像是行走
在时代狂澜的前头，走过深圳市民中心
就如同走在都市狂想协奏曲里，优雅而时尚

太阳推动着它的车轮，有条不紊地
一只鲲鹏再怎么飞，也飞不出它的内心，雄心
与梦幻的舞台，走过深圳市民中心，仿佛
走在飞翔的翅膀，这大鹏展翅，越过沧海

一直飞翔在改革开放的浪尖，这是一个
谋划大时代与春风的地方，这是小小的海螺
吹响胜利的集结，以大海盛放的潮声，呼唤

湖山拥福，田地生辉

下一个春天，这是自由的脉动，给鸟以天空
给梦想以舞台

"鲲鹏展翅九万里"，这里是深圳行政中心
这里是政府的形象代言，这里更是市民娱乐
活动的天堂，它宏伟优雅而梦幻，有风的嗓音
有灯的眼睛，有现代都市最潮流的元素

可以想象，鹏城的气派，瑞鸟和龙的气象
在此漫延，可以想象福田如一朵鲜花，灼灼盛开
像是通向自由生长的梦幻舞台，像是展望我伟大
的祖国之一隅，到处是春天

漫步荔枝公园

五百五十五株老荔枝，今安在？
更新的枝丫也长满了荔枝，漫步荔枝公园
仿佛漫步在荔枝弥漫的清香与温润里
"日啖荔枝三百颗，不辞长作岭南人"

漫步畅幽的小道，亭、台、楼、榭
间或小桥流水，花廊，竹径，漫步在春深
的小雨与寂寞里，古树名木，绿草如茵
仿佛一幅山水丹青的画卷，慢慢伸展

荔枝是这里最初的主人，古典园林与
现代格局同样的雅致，荔树薇薇，挂满
枝头半红半绿的荔枝，多像翘首以盼的美人
结着丰满而祥和的果实

"两岸荔枝红，万家烟雨中"
荔湖碧柔，新雨山头，那些荔枝烧红了
久违的期盼，一颗一颗，沁出芬芳与蜜语
借着曲径通幽，我收获雨点起伏的喜悦

领取季节给予的甘美与馈赠，荔枝在
心头早已熟稔，古树风雅，园林俊逸，漫步
在公园无边的细雨纷纷里，更觉诗情画意
朦朦胧胧，缠绵而润秀——

印象海滨生态红树林

滨海大道西海岸边，一片绿色长城
植物长廊，林荫夹道，绿草如茵，四季
鲜花不败，勾勒一幅连绵起伏的画图

徐徐展开，大海在侧，瞭望深圳湾
海上蜃楼，日月激荡，滨海城市欣欣向荣
海鸟飞旋在大海波涛之上，每一个瞬间

湖山拥福，田地生辉

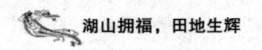

都不重复

红树林里，百鸟啼鸣，生态盎然
灌木，乔木，地被高低错落，鲜花落英缤纷
万物欢腾，有时安谧，袭来大海的音律
而眼睛里的氤氲，正在收集露珠与花语

时光向水而生，向着滨海与陆地
向着葳蕤的红树林，向着城市边缘慢慢铺陈
波涛阵阵止于此，护佑福田福地，大海
草坪，飞鸟，彩蝶相映成趣，每一寸肌肤
都饱蘸生态的蜜意，与未来

福田记

陈才锋

在深南大道上的深南溢彩

春风围过来的时候,深南大道就有了新的表达
一条独特的行走历程,就荡开了梦和远方

用光开出花朵,无数朵依次排列
不远,也不近。统统搁在福田这片热土上

在深南大道上,联想着未来和幸福
将汗水和热泪,拼搏和努力,拧成一颗虔诚的初心

五颜六色飘起来,写满神奇的语言
成了福田大地提炼出的一个动词,散着淡淡的香

被点名的深南溢彩

被岁月点名的光,下凡。在深南大道上,坐果

湖山拥福，田地生辉

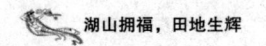

一条流光溢彩是春风写下最重的一笔

色彩绚丽的道路就是一种多彩的特色文化
市中心汇聚在此，将繁华的盛景推向高潮

东起沿河路口，西至南头检查
将政治、经济、文化建成时光隧道，通向世界

远近相间，内外相透
被现代科技装裱一新，高低衔接，恰似繁星中的那条银河

转身将未来化为现实，今粤第一重镇
左侧游人可探百年，右边瞻望未来延伸更远

在福田行走

购一些汗水，披星戴月
让努力加油，划一道不忘初心的梦

下一刻在深南大道上行走，不畏明天迷失在哪个十字路口
只为此刻身在何处，我选择虔诚对待

春风传来的消息，站在莲花山上
把阳光藏在了心里，风调雨顺，五谷丰登

向远方抒情，把热爱当成习惯
心怀这一座城，就像思念的旅途山重水复

福田这片热土留下的念想

一粒粒鸟鸣飞起来，微风荡起幸福的辽阔
适合努力拼搏的大地，在温暖而细碎的红树林一浪接着一浪

伸手就可以触摸到的，是这片热土留下的念想
拥抱一缕，每个角落都酿造着缕缕春天的峥嵘

止住喧闹的内心，还原梦想最初的地方
找回走失好多年的自己，向往此地的美美的、甜甜的、面朝大
  海的

所有模糊的面孔与背影，在赤臂挥汗打铁的背后
一颗不忘的初心，逐渐清晰、亲切、明亮、温暖

湖山拥福，田地生辉

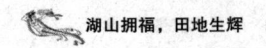

福田诗笺（组诗）

刘建华

在园博园，捡拾美丽福田的长短句

在园博园，苍翠的古榕举着春天的阳光
倾诉着美丽福田的絮语；蜿蜒的深圳河中，清水静静流淌
招安于祥云旖旎的御诏，葱郁的古榄林
从未远离，在园博园生态飘香的帛卷上，泼墨山水的写意
深谙音律的溪流，像一架古琴，弹拨河水的心事
在福田大地中迂回，酣饮之人饮完了酒，也倒空了自己
装山水，装诗意，装乡愁

绿意盎然，鸟影点亮历史深处传说
鸟鸣粘着淡淡的稻香
那是鸟影和诗词里共同洒落的文字
星星掬起一树美人蕉的记忆
花开的声音躲藏着一阕宋词的烟雨
蝶翅扇醒报喜鸟的叫声和回忆
风车草上流动禅意，鸟翅夹紧流云

水声把星星挤上船弦，船影打满野史
传说围住鸟影的飞痕
在曲径通幽山涧里，白鹭发出唐时的啼叫，脚步被水声绊住
鱼儿吐出楼影和传说
灰鸭的翅膀上，粘着荷花淡雅的情调
清澈见底的河水里，鱼尾甩出传说
平仄的古荔林抖落烟雨
霞光抖落鸟影，花朵沿着相思的痕迹生长

水墨样洇散的园博园
是迷路的云朵，虫鸣顶住倾斜的竹影
蝶翅上残留春光的秘密
伞影收起暮色，繁密的榕树
是一位岭南女子的梦乡飘出的一抹相思
花影从宋词和水声里折返
花香撑开婉约的心事，绿袖抖开春光

一抹树影是梅林公园的补丁
一行石阶是诗行滑落的文字
倾听绿色生态的声音，我有着沉鱼的羞愧
依然捧起时光的水泡，来拓印这生态园的脚印
走向福田的足音，落地有声，凝结成绵延的珠玑
一叶扁舟上的丽影，用一根竹篙，激起的涟漪
千年尚未散尽，捆扎着岭南水乡的丰腴和葱郁，一袭倒影

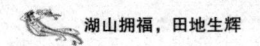

让多少临水照影的人们，在喟叹中，掖紧身体内的潮汐

在梅山，听鸟的诗经

静水微澜的梅林水库
那遗落在梅林水库中的春秋倒影，唐宋遗风，民国气象
早安，烟雨弥漫的白云，云中的飞鸟，跌落的鸟鸣
在水库之畔，再匆忙的春风也会停下来
这是大雁脱口而出的第一行
一见钟情的辽阔，让所有的投奔都具诗情画意
小溪清浅，山泉澄明
最先到来的米兰，像一名散仙
蘸白雾茫茫，蘸波光粼粼
一笔写意，一笔工笔
晕开朝阳，摇动万羽来贺的光线
参差鸟鸣，花香弥漫
壮阔十里梅林荔红简约静美的风情
一切的迁徙都要在这里歇脚
东方白鹳、豆雁、灰鹤从线装书里飞出来
经常在此叙旧，说家常
然它们都有诗人气质
吟出的每一句绝句，都饱满着从未有过的分量
一句长的，落在滩涂
一句短的，铺进水湾

不长不短的，拐进草丛里，汹涌春天
那一句交颈的悄悄话，凸现鲜活的古意
此刻，它们也是绝句
黑天鹅、丹顶鹤、斑脸海番鸭、火烈鸟
恰似被歌颂的一粒粒动词
有的自东南亚来，准备往澳大利亚去
作为岭南稀客，自有别样情怀
或唱，或舞，每一声吟哦，每一下展翅
细节里涌出绝无仅有的敬畏与欢喜
一晃而过的典雅，扇起梅山的灵性
勾勒出人们的惊喜交加，斜成另起一行的韵
而这些都和爱与被爱有关
叫不上名字的鸟来这里，不是凑热闹
点白，只为摸一摸湿地沧桑
万鸟云集的梅山，才了无遗憾
灰也自由，白也奔放
挤挤挨挨的剧情，才能壮观湿地落日
才能摆渡春秋
如果你在秋天来
会看见清高的白云也放下了身段
碱蓬草无忧无虑的深红
秋天的才华，被古榕举高
夕阳晕染绿画屏，诗经密密匝匝
跌宕起伏的鸟鸣，平仄庞大静谧里的光阴

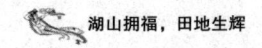

心生双翅的你，深处梅山，早已醉成乡愁里的标点
忘归的样子，被鸟儿们提着奔走相告
此情此景，在这鸟的天堂
怎一个美字了得
临走的时候，一只鸟停在我肩膀上
让我的羞愧之心突然而至
三秒钟之后，我卡在了他人的镜头里
成为永恒

莲花山畅想

莲花山，群山如佛，凤木修身，众生轻盈
跳动的莲花湖，在蜿蜒的时光晃动星空
石板路空白的地方，填满谦逊的汉字
阳光堆积在
蜿蜒的石阶小道上，擦亮千年不倦的遥望
带着折痕的风，只有山岚回应
时光木本，蔚然一片，蒸腾成大地经书
在莲花山顶的观落日，夕阳余晖别有洞天
此刻莲花山，湿润、空荡，是如此需要苍茫填满
让莲花山样板了生态，以一支绿色的笔
写进流水与诗歌
在莲花山，跟紧一个焕然一新的潮动
水流出水的知音，我从椰风林上摘取生动的字词

从一片云雾，坠落在绿色世界，于遐思
灵秀了十万株凤凰木，浸染炫彩与华芳
古人在前，我在后，不惜沦为诗歌的囚徒
以福田这样一座城池作为抵押
换取莲花山深处，被时光掩藏的锦绣，和一个美人的韶华
越往里走，越是接近一个逼仄的年代，在繁花尽处盛开
那从晋代生长起来的花荫
至今仍然羁押了一阕活色生香的词语
玉林溪谷是莲花山的修辞，打开草木的词根
我在一朵莲花里深居简出，不问前程
与一朵莲花谈情，说爱

在莲花山，古韵牵手现代交相辉映
多少锦绣的诗词被豢养，让福田的江山通透在寄予的乡愁里
让一粒远行的汉字，盘踞在唐诗与宋词之中
山阴道上，细雨绵绵，人声鼎沸
他们都伸直了耳朵
他们并不关心，这回荡的声音
是不是来自莲花山的诵经

莲花，自然成为灵魂的修辞
我在山涧里找到被清郁托付的莲湖
找到观音打坐的莲座，也找到了绿色的生态
勾勒出这座森林之城诗画的核心

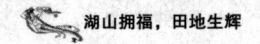

必然成为福田山水的风流与自得

养在清秀眉目里的一朵莲，绽放一片山河绚丽的形象

福田组章（四首）

张伟彬

读书月

城市街灯，点亮南国书香
书山有路
流淌着一条智慧的河
骨髓里，春暖花开
深圳读书月
两行诗意，一种美好
让城市因热爱读书而受人尊重
阅读者
早已排成一条长长的深圳观念

高山榕

伟人像，伫立莲花山
一株树依偎着
他是改革开放总设计师

高山榕枝头

绽放春天的故事

深圳愿景

一簇簇盛开

这是一株英雄树

人民敬仰它

这是一株纪念树

深圳水土养育它

这是一株自信树

福祉所在

一颗感恩的心

百姓永远怀念他

光

40年光景,填满一城月色

今夜星光灿烂

一幕幕世纪之光

大鹏展翅

深圳速度,追光逐日

改革开放明灯

冉冉升起

市民中心人山人海

一家三口抢先自拍
"我爱你,中国"

大道

一条大道,流淌笔直梦
深南路是它乳名
流光溢彩
点亮"十里长街"
城市脉搏
挣脱城中村枷锁
尘封已久的故事
在大道两旁次第开放
改革琴音
繁忙而火热
一声春雷
奏一路凯歌

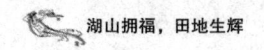

你看你看,那天空的使者

叶瑞芬

金秋,福田发出呼唤
白琴鹭开始回归
迎着朝霞向往温暖
赶赴深圳湾
赶赴一场与黑嘴鸥、小青脚鹬们的约会

北风掠过山峦
擦着白色的羽毛叫嚣
停下来
把你白色的羽毛奉献给北国
白色的雪

不,不,不
我要伴着我的爱侣
到温暖的福田
越冬,将息
再见吧,寒冬,别留拦我爱的脚步

天空在护航

听着白琴鹭的私语

那是世间最美的声线

一鸣一唱，只为诠释

只愿一生爱一鸟

这天空的使者

从《诗经》飞出

穿越唐诗宋词

在口口传颂中，在宇宙的感召里

翱翔天地之间

白琴鹭掠过松林、荒野、河床

它们让出了城市和屋顶

公路和桥梁

它们只眷恋湖泊、深山，和这一片红树林

它们只让身影流连碧水徜徉蓝天

它们与世无争

它们由南往北，由北往南

成为白云的延伸

可栖居的大地渐渐变少

渐渐地让它们失去家园

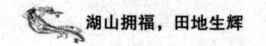

只有福田
这一片幸福萦绕的土地
为这天空的使者
留下一片小小的家园
留下一抹南方之南最美的温暖

启用光阴之钥，打开福田内在的辽阔

祝宝玉

1

恰当的时刻抵达，隔深圳河遥望
恰当的语速表达，春之大剧编排动人的情节
恰当的姿势与之相偎依，莲花山公园漫行光阴的风景
在福田，我与她，皆恰当地出现
来自清晨的露，来自海岸的风
一相逢，便胜却人间无数

2

中心城区，深南大道，北高南低的地形
盘桓在北回归线以南
描摹地图上虚构的广袤，78.8平方公里，从海上浮来
一朵云渗入南方博时基金大厦的镜面
思想的海拔，在苍穹下显现
站在深圳河畔仰视，一种高度，难以企及
充满神奇的南来北往，写就福田宏大的历史篇章
那一个大大的圆圈，定格改革开放雄壮的走笔

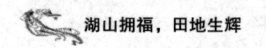

立体的召唤，一颗明珠冉冉升起

3
福田，自带着与生俱来的光亮
传奇高居，神秘的叙事抬高一座城市的海拔
在祖国的南方，有志者蹚过波澜汹涌的大江大河
化身一朵浪花，绽开在深圳的青春记忆里
生出银色的鳞片，畅游岁月的茫茫
每一缕月光都包含深刻的隐喻，表征荣耀的普及
涉及每一个福田人，涟漪的姿态更加动人
每一次触及都是诺言的兑现
春风未曾爽约，将惯性的温柔准确地送达我的笔端
书写，在园岭、南园、福田、沙头、梅林
在华富、香蜜湖、莲花、华强北、福保

4
我接到远方的来信
流淌的泪水和汗水再一次被提及，不是苦涩的，而是幸福的
多少伤痕已经自愈，补全叙述的差缺
以荡漾豪气打通词语的中梗阻
沿着深南大道，一气贯通，思想漫卷，一次次送达朝曦的霞彩
那绚烂的音符点缀前进的大轮
向着海洋，奔行世界的彼岸
我接到远方的来信

饮醉的朝夕,偕韵的鹭舞红林,落定在泛黄的纸笺上
一种表白,只面对福田

5
启用光阴之钥,打开福田内在的辽阔
猎猎一面红色的旗帜,高举在巨人的肩头
在风中,在春风中
我们以微小的体积叠加祖国的浩瀚,中流砥柱,不动不移
发出青山的浩荡,带领深南溢彩、园博新园、下沙风情
带领汉字的千军万马
翻越高山大湖。是流水,流出自己的霞光异彩
是赞词,身披炫目的彩妆
我们回溯深邃的古老,我们占据新时代报告的眉端
向往安宁,于是福田一尘不染
向往幸福,于是福田染就缓柔的色彩
把这把钥匙从左手交给右手,这人间就换来一崭新的面貌
一群白色的骏马,在福田的街巷上奔跑

湖山拥福，田地生辉

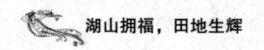

福田，一湾浅浅的思念（组章）

刘向民

福田河，闪烁着母亲的光芒

神在俯视，水波潋潋
河水撩拨潺潺的声音
一条河生出许多美好
让花草缤纷树木葱郁

明澈，淡泊，深韵梅林山的沉着
欲望沉在水底
一尾尾鱼掀翻水波
漾起绵绵的诗意

水是命脉，流过福田的水
浇灌庄稼滋润女人
让繁忙的城市充满水的灵气
滋润飞鸟的喉咙，声声翠翠

温柔，穿行在大地之上
蜿蜒，与福田相偎相依
是母亲内心的明澈
让天和地清爽透亮

莲花山，风雨中的温馨

我相信，莲花还在盛开
它是风雨中的温馨
扎根福田，许多远来的人
执着寻找深韵的神性

其实，莲花山一直茂盛
葱葱的林木，挺拔
碧绿的草萋萋，绵绵
鸟鸣叫醒每一个黎明

迎春花以金色点亮清晨
灿灿的桃花弥漫着祥云
一株静如处子的兰花，默默
渲染着尘世的辽阔

朝阳喷薄，光芒灼灼
洒遍秀秀的莲花山

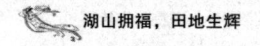

照亮每一缕风每一双眼睛
淹没生死和烦恼

红树林,不朽的辽阔

在深圳湾,红树林苍苍
与浩浩的水融于一起
与荡荡的海紧密相连
纵横的根深深扎下

也许,生命就是一场苦难
胎生的繁殖方式
泌盐的生存本能
让不屈成为不朽

一棵树与一棵树相拥
千棵万棵孕育了一方水土
承接风雨,让尘世安然
抵挡着汹涌的潮汐,护佑家园

时光点燃红树林的激情
坚韧,抗争,桀骜
始终坚持着理想,勃勃
浸蕴着福田的性格和品质

福田：铺开或卷起的画卷

孙凤山

在福田，鸟儿的团体舞蹈越来越明亮

在福田，大地一直是苏醒的，绿是所有故事的母亲
花草树木打包了春色，森林覆盖率也害上了相思
走进福田，我难免要在森林美学里"误"一程

福田人一手执锹一手执诗，和树苗一起向春天进发
鸟儿在晨光中率先梳妆，绿叶伸出梳子
岭南乡愁盛装啁啾，弧线莫非也在密植绿色的森林？

鸟儿一个劲歌唱，那是春天的故事在红树林返青
一字一句在深圳河口书写地球之肾的绿色诗篇
我深信福田绿水青山，滋润着鹏城世纪曙光

福田蓝，花草树木的多重建构，由森林打理
国际花园城市　国家森林城市让福田高度一下高了千百年
那是生态文明城市，在森林诗歌中还原一场春天

湖山拥福，田地生辉

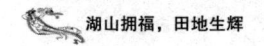

万只鸟儿，千年海岸，百年修炼，十年好合
鸟儿的团体舞蹈越来越明亮，绊倒奔跑与亢奋的春风
福田蓝盛装的绿色，正是一座城市最健康的颜色

鸟儿效应，都在口碑里拔节福田古韵今声的唯美
福田在一阕阕森林词牌里流芳百世　唇齿留香
在土地与森林的华丽转身中确认四面八方来路和去向

深圳湾：演绎圣洁的立体交响曲

在深圳湾，所有的项目从金色的海岸破壳而出
张望福田的十样民俗 百相海浪　千般风情
福田三大产业，感悟大海美学与大地生命的哲学
云彩紧挨着云彩的心　帆影提携着帆影的手

产业园迎着年轻的朝阳，矗立福田新高度
咸涩的海风吹来了，吹开先行一步中的金秋
秋风劲扫红树林保护区，声音和诗都是脆甜的
湾区拥趸我，我数湾区经典，忘记自己身在云里云外

湾区映红了朝霞，用美把海风大面积绊倒
海风与霞光爬起来一起把门打开，美到让时光停滞
湾区铺就金粉细腻，温柔的样子很有新鲜感
此刻，我多愿舀起一桶洁净的水，烹调一锅大海

湾区的绿色交响日益铿锵悦耳，历久弥新
水域不够春天站立，太阳笑盈盈地赶来约会
快人一步 提升一步都是福田辽阔无边的历史
仙境深圳湾，圣洁的交响曲总是谜一样充满神奇

无数的美，打磨一个新福田

在福田，风物从来都是不朽的读本或画卷
阳光翻阅的，不仅是多情的城区　山地　海滩　台地
还有多核的大项目和多情的小风暴
反正，谁解读福田风物或画卷，谁就领养神秘

伸出蓝天，憋不住的下沙风情高举过头顶
笔架山耸立重大项目攻坚里的沧海桑田
把深圳的种子送进太空，用高科技收割千年仰望
把跋山涉水删繁就简，直接和风物相聚甚欢

博物馆电子商务产业园携红树林万种风情
沿着创新引领的新动能和生态文明遗风放牧心灵
谱一曲天籁。高度就是新福田的胆量和气派
只要留下脚印，就能在森林里寻觅锦书里的知音

领养项目与高度，置于福田历史最美的段落
相加的不是岭南情　鹏城爱，就是福田美

湖山拥福，田地生辉

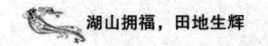

先行一步打开世界之门，难怪春天到此不老
文明立足，绝代风华。无数的美打磨一个新福田

城区　山地　丘陵　海滩　台地　一抬头都是福田高度
森林诗歌盛装天下富贵，高楼打捞人间乡愁
福田五大中心漏出的春风，点燃总部企业光辉
绽放的，是鹏城现代气象；苏醒的，是世界目光

关于福田的修辞

杨文霞

1

手写笔架山，只是沿着福田清晰的画册找到一串绿色的鸟鸣
就以目光的接引，俯瞰福田滨海城市里的霓虹
就把绿色的福田囊括在诗画里
就依倚着一座座绿色的山丘，置放诗意的遣词

福田呀，得福于田的冲击，让地王大厦遥遥相望在笔架的山顶
像恳求才情饱满的人，持笔写下福田两个大字
就以蝴蝶蜕变中的禅悟，说出这里美的磅礴与幸福的高度

2

可以退守目光，以诗意的享受把鹭舞红林传唱
动感中，白琴鹭、黑嘴鸭、小青脚鹬，成为诗意的动词
它们把唐诗宋词里的感悟拖出线装的书籍
就有红树林童话了眼眸，比拟着生态良好
树立一块绿色的碑铭

踏青，赏鸟，观海，抑或是搬运心灵一次密约的旅途
就以候鸟理想栖息的家园一起，深爱这里碧波荡漾的港湾
以及美丽的滨海大道后身，美丽的福田
就有一丝丝情由无限拉长，在霓虹与自然之间翻转

3
幸福的福田呀，自然拥有幸福的词根。比如莲花山
种奇树，桃花，以谷地花镜的样貌刻录美的串联
就有山顶广场，扩充着负氧离子
就有凤凰木花开，嫣红了莲花的脸，以草坪，椰风，湖泊
荡漾着福田美的富有

幸福的福田呀，以美根深着乡愁，皇岗文化风景线
成为美丽乡村的装订线，用小桥流水的诗歌
馆藏了这里草木的多情
让新的乡愁聚望在诗意的管窥里
看见越发清晰的乡愁纹理，被目光洗染

4
诗美的福田，画美的福田，以缀满荔枝的公园
成为优雅恬静的比喻
以廊桥水榭，眷顾诗意的笔端。再掏出 589 棵老荔树
再掏出一座新湖，再掏出亭台楼阁，画廊竹径
万般秀美在诗意的蜂拥里，成为绝妙的佳境

有时候银湖用秀木叠翠染色一座大湖,用临水而居的设计
转换园林里美的腾挪,于多功能服务比画着福田的气魄与气质
就让一座适宜安居的城区,都遇见倾心潜修的字词
让福田在美里抖落美,在歌咏里卸落修辞

5
我于美的承接中感动福田的生态建设,又于园博新园
感悟福田天人共荣的格局。自然资源是一笔财富
人文设计就遵循着一个"福"字,嵌入美流泻的杯口
让福塔展现着整体的颜容,让三桥,四湖,大观园一般聚焦美瞳

我于福田对自然的真爱里,品味着一座城的绚丽
就是倚傍着山水,把传统文化里的福田,锦绣在目光中
美,不虚设一词,都闪亮于时光的深处
美不妄一语,看得见,摸得着,成为福田精神谱系下的给予

6
在福田,我可以就读下沙的风情,以禅悟慈悲了山水
像下沙的牌坊,成为一张名片,祠寺,庙宇,古籍一般被打开
让历史名迹,溢满沧桑的经卷

在福田,我更愿以一棵相思树,根生在这里
以十万只飞羽盘踞在深圳湾,一本幸福的词典被打开
与福田的修辞,粉彩着这里美的丰盈与夺目

秀丽的福田在自然山水的辅佐下，以霓虹璀璨般滋生美的笔墨
卷轴的画卷里，有鸟声漏出来，在红树林上，落满点点白鹭
像一片飞雪点读着福田，拿走梦幻的笔墨

7
福田在福里，福田也在田里
种上楼宇飞天的梦想，盘亘的立交桥，游龙画凤一般
也种上梦想的种粒，在遍地锦绣中，莹润了目光

福田在乡愁，在新时代，在不断排闼诗意的笔端
踯躅在繁华秀丽里，遍布诗意的修辞中
回旋的生命与鸟鸣一起，掀动一场歌舞
长出十个春天里的福田，潮湿而感动

游福田

王智汪

笔架山上衣冠盛,下沙风情景物全。
改革潮头擎天柱,深圳湾畔日月新。
山河依旧古岸傍,湖山拥福聚群贤。
欹枕昆仑雄狮醒,福山福水福田人。

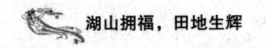

鹧鸪天·福田

王智汪

　　百越故地福田城，天开泰运远离尘。耕山耘海追股市，放舟摇荡南海郡。

　　特区梦，无虚名，笔架山上五星红。心有蔷薇南国送，河清海晏福田人。

遇见福田（组诗）

温勇智

1
诗人最该来此，俯拾即是的诗意
在一张辽阔的宣纸之上，搬运时光的斑斓
亚热带海洋性季风让每一寸草木都抖擞着幸福
湖山拥福，田地生辉。遇见福田
你就遇见了惊喜，遇见了诗意，遇见了幸福

2
白琴鹭、黑嘴鸥、小青脚鹬，把羽翅很随意挂在红树林
随着微风一起荡来荡去。这条绿色长廊背靠美丽宽广的滨海大道
和滨海生态公园手牵着手，把露出来的鸟巢又掩饰起来
指缝里的呼吸，还啾啾不止

3
猝不及防的绿色，从笔架山走下来
有一卷书笺被清风翻过，气息悠闲自在
把山峰加上诗句，把绿色加上蝶影，才是福田

隐隐约约的动感，竟有我的影子

4
莲花山有着莲花的模样，风筝可以比鸟飞得更高
阳光落在风筝上，落在人工湖上，落在莲花上
也落在了我心里。柔软，而幸福

5
荔枝公园不仅仅是荔枝
槟榔、白梅、橡胶榕、翠竹、垂柳——与那些乔木、灌木
也在此铺开经卷，描写出一派大好的南国风情

6
最溢彩的在深南大道的夜晚
灯光和色彩在立交桥、人行天桥与鳞次栉比的建筑之间
用远近相间、内外相透、动静结合手法流霞

7
水围文化广场自带旨意
链接所有风生水起的靓丽日子
文体中心、舞台、广场、地下室，何处不可把休闲进行到底

8
太空作物园的种子自天上来

生态挂在太空,呼吸最纯粹的空气,沐浴最灿烂的阳光
就会有蓝天的蓝,绿地的绿,就会有蓝天的灵,绿地的气

9
下沙是最浓情的一笔
有历史的遗墨,有民间文艺的粉墨登场,有味蕾的狂想曲
下沙牌坊、黄思铭公世祠、陈杨侯庙、佛祖像——被传说的故
　事绘声绘色
舞狮、舞龙、武术、粤剧,在时光的变幻里导演自己的"蒙太奇"
大盆菜宴打破了吉尼斯世界纪录,看风景的人忘了自己

10
深圳市民中心就在福田
心无旁骛的地标性建筑足够沸腾你的心跳
它的深谋和远虑,背负着百姓的福祉和安康

11
一块绝版的地理,从民意的眷顾而来
以生态装帧的线装书,抖落一地的诗词
以科技点睛的水墨画,锦绣一地的鲜活
时代给福田插上了腾飞的翅膀
让福田充满无限的活力与精彩,就像一只蝴蝶
在柔美的版图上翩飞,让美叠加在美上
互为彼岸的梦,昭示辽阔的前景和锦绣,幸福和安居

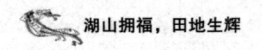

12

梦在和弦的清风中再升高了几层

笔力打开新时代的阳光,用和谐吉祥泼墨

福田高挽云髻,又要乘风而唱,唱出福田之"福",福田之"甜"

红树之歌

祁念曾

拨开重重云，
穿越层层雾，
我来寻访南国的美景：
好一片英姿勃勃的红树！

枝繁叶茂，
筑成绿色长城；
亭亭玉立，
沐浴阳光雨露。
手挽手，
笑迎满天云霞；
肩并肩，
扎根海滨沃土。
挥动绿色彩绸，
和蓝天白云共舞；
抗击惊涛骇浪，
把高楼大厦守护。

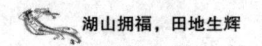

啊，红树——
你让锦绣春光在人间永驻！

任它风刀霜剑，
自有铁胆钢骨；
开拓崭新天地，
何辞含辛茹苦！
累累的伤痕——
一道道，一处处，
都把生命的历程记录；
盈盈的绿叶——

一片片，一簇簇，
尽把心底的深情倾诉……
俏也不争春，
一任群芳妒，
为大地增光添彩，
为后人造福铺路。
啊！红树——
你有一身顶天立地的筋骨！

啊！红树！
你呼唤了多少飞鸟，
把这里当作最好的去处；

你吸引了多少游子，
把这里当作人生的归宿。
晨光中，
有孩子欢乐的笑声；
月光下，
有情侣依恋的脚步；
浪花里，
有鱼儿深情的仰慕；
风吹过，
有花朵真诚的祝福……
啊，红树——
你是一幅温馨和谐的画图！

夜里，我枕着涛声悄然入梦，
在梦中，
我也变成了一株挺拔的红树！

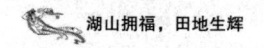

莲花山的春天正紧锣密鼓赶来（外一首）

刘桃德

在莲花山，触摸春天
可以肯定，春天已经开启了万物苏醒的节奏
圣洁的春天，坚守的希望正紧锣密鼓赶来
许多盛开的花蕾碾过时光的某种暗示
慢慢舒展，把自己的肋骨轻轻盛开，挺直
莲花山上，阳光普照，万物葱茏
盛世的光芒拨动着春天的键盘

春天的莲花山，往开阔处长出了一截
蓝天下的深圳，已长成大树，巨人般
在山顶广场，我试探与伟人的雕塑聊天
阳光正暖，周遭赶来的凉风变得抒情起来
伟人的目光如炬，凝视山下的道路，让坎坷变成坦途
幸福的瞬间，如奔腾不息的河流在词汇里延伸

春天有了动感。山顶的风还在提速
等待黎明的人们已是阳光明媚

鳞次栉比的高楼,刷新深圳的高度
昔日的小渔村日益庞大成国际化大都市
多少现代高科技在这里,大鹏展翅,启航
5G时代、融媒体、高铁、光伏、美丽乡村
这些时代热词融入人们的幸福生活
这些年,几代人的汗水、奋斗和坚强,高举着
一个民族复兴的大梦奔跑、拓宽、充盈、飞翔

福田黄昏

第几次遭遇这样的时刻,不记得了
摄影师把落日摆在西南角上
从背后照亮深南大道,这座城堡
巨大的落差,像倒逆的瀑布
步伐匆忙的异乡人
一天的疲劳,倦偎在松散的晚霞前

隔着远远的距离
上沙村冒出的雾气,像一阵阵炊烟
整个黄昏都有了一股股米饭味

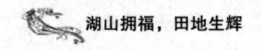

鹭舞红林 我心飞翔

公孙千里

我来到深圳湾深圳河口
寻找一个红树林鸟类自然保护区
这是一个深圳的市肺
让改革开放的排头兵更加靓丽

每当大海波涛汹涌
红树林筑起一道道绿色长城
它以海岸卫士的英姿
固岸护堤 抵御风浪袭击

于是 它成为鸟类的乐园
十万只候鸟南迁过冬云集
白琴鹭黑嘴鸥自由自在生活
青脚鹬绿翅鸭欢天喜地鸣啼

鸟儿因红树林而安乐
红树林因鸟儿而美丽

鹭舞红林　我心飞翔
在这里寻找到人类心灵家园

从此在我的乡愁中，
便有了深圳
有了福田
有了红树林鸟类自然保护区

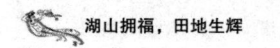

深圳，我的异乡，我的故土

刘学

当我遍体鳞伤漂泊而来，
你，像个老友，
没有追问，没有唠叨，
你用你的方式帮我洗涤风尘，缝合伤口。

你默默地接纳了我，
犹如接受我浓重的乡音，
孤傲的漂泊、不着边的梦……

是啊，亲爱的深圳！
多少人怀揣梦想，拎个背包就过来圆梦，
你也无怨无悔地接纳每一个寻梦人，
给出你的怀抱，给出你的土壤。

是啊，亲爱的深圳！
你把起飞的翅膀放在每个角落，
无论是逼仄的出租屋、赛格市场的小柜台，

还是气派的金融中心、腾飞的科技园……

是啊，亲爱的深圳！
那些灯红酒绿中的哀婉，
那些浇筑深南大道的汗珠，
将多少悲欢与激情写就。

是啊，亲爱的深圳！
你所有的美丽都是寻梦人的见证，
清澈的深圳河回应着你的娓娓叙说，
巍巍高楼点燃你的激情也提醒你站立的高度……

我亲爱的深圳啊，
你让多少拎包过客不再流浪，
又让多少人把这里从异乡变成故土，
而我，已在你的包容中成长为你的风景。

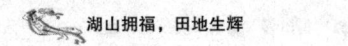

深圳速度（组诗）

李洪振

给深圳一个加速度，1982年
向上的天空没有终点，
在时间之外，还有另一种纬度——
第三空间
容纳想象的犀牛和鲜花。
众神的天空下，只有人的工作
与神相同。
蛇口，最接近于海浪的位置
才能诞生出大鸟的巨卵。
在速度面前，楼房每日剧增
像是闪电划破长空的影子，
矗立人间。
以一种扇面扩张的城市，
正把海洋纳入巨兽的版图。

从自动化车间出走的工人，
被机械的手臂牵引，进入梦乡

在深度睡眠里潜回故里。
劳动被再一次神化,
象征的泪水从来都是纯洁的表达。
下班之后,从流水线上
擦肩而过的工人与建筑师相遇,
他们各自表达着对速度的不同含义。
而一名IT白领,
他内心的思考比计算机更富有人性。
在各自的频段里,
不同的肤色,不同的种族
不同的劳动者,
他们发射、接收、调频、修改、反馈……
这纷扰而复杂的信息。

擦拭天空星星的人,
为人间带来恒星的光芒。
有什么速度比光速更快!
在信号塔上,
闪烁的光点,交换着
海量的数据。
唯有最初的心,不可交易
无法用数字衡量。
而在大地之心上,插入的钢筋
浇筑的混凝土,造就的楼阁,一寸寸生长

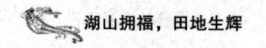

成为摩天的工程
却并不易碎。

给这伟大的景观命名,消费者
进入 VR 的幻境之中,
像是触手可及,却又遥不可及。
用时代的大理石镶嵌的广场,
近乎永恒,而又不为
一个异乡人的哭泣而感动。
心灵相通的速度,比工业自动化的速度
要慢了整整一秒钟。
收集泪水的池子,接近于
一个五光十色的喷泉,
不同姓氏的人,他们的泪水
竟然也有着地域的差异。

一个城市最终的速度,必然是人类
脚步的速度。
创业者从四面八方而来,像不同的鸟儿
聚集于茂盛的森林。
飞翔也是另一种速度,在齐声高唱之后
一种咏叹调已经产生,
面对海的另一面,试图飞越者
已准备好了足够的体力。

而智慧，作为一种升级后的CPU
在快速的运算中，
把深圳带入一个新时代。

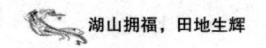

途经福田,邂逅一阕诗意的缱绻与摇曳(组诗)

毕桂涛

掌心的一湾海

三月的深夜,月光都招呼着盎然的天气,
轻轻抚过福田的眉眼之间,像山岚飞过树梢的啁啾。
三角梅的藤蔓早已攀缘上街角的肩胛,熨帖地
站在锁骨深处,朝向繁茂的热烈和一隅天空,静静地。
她不动声色地绕过福田的春风,却意外地穿过蒙蒙雨雾,
走进了久远的一首歌里。等到再回眸时,
一只驳船或深或浅地在水中爬行,愈行愈远。

海滩的沙粒悄悄搬走了记忆,让海风的潮润舔舐着足迹,
捕鱼人把计划里的深圳湾狠狠划去,望向远方,坐成肖然的礁石。
倒映在水面的影子蓝得深邃,直抵深海的每一条游鱼,
还有什么可以叫醒这些沉睡的游鱼,或许只有这片海而已。
波光掩映着捕鱼人的窃喜,偷偷将粼粼的希望收藏到渔网里,
细密的网线套住东方黎明的曙光,抛向更远处的洋面,
一阵费尽力气的较劲儿之后,又捕获一个彼岸的春天。

一只手曾靠近另一只手，一滴水曾毗邻另一滴水，
而后慢慢学会虔诚，信赖，还有创造者的无限深情。
一个下午都在喝一杯酒，如果倦了，累了，
抑或是醉了，适时地躺在还未喝尽的杯底，
抬头看掌心的生命线和一湾海，但我却不知道这湾海的名字。

眺望红树林

一轮火烧云的颜色，浓浓地燃烧起翻页的流连。
有多少人能猜得透福田的方寸之间，又有多少人记得那来去的
　候鸟，
还有那片擦满厚重胭脂，却依然傲睨的红树林。

候鸟总是纠缠着红树林里盘根错节的老树，像是经久重逢的旧
　友
攀谈着南方与北方的热闹，晴朗与蒙蒙的经历。
海风牵着椰树蜜语，白琴鹭、黑嘴鸥、小青脚鹬带着过往迁徙
　归来，
每一个驻足和歇脚，都是福田珍视的点滴惬意，没有之一。

翁翁郁郁的青山裹挟着候鸟的守候，一直默默期待着他们回家。
这片树林是红色的，是诱惑的颜色，让这群倦鸟不得不找寻到
　这里，
而我站在滨海的湿地旁，眺望鸟的天堂，还有我的故乡。

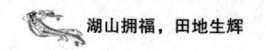

北回归线以南的味道

湖山拥福，田地生辉，从宋代词句中而来的盛宴，
和着温热的季风，福田的名字确实浸润着太多渴望了。

一座山洋洋洒洒地抒写了一章春秋，风霜也过，雨雪也过，
氤氲的笔墨及早赶到，来赴一场诗情的约。
溢彩流光的夜景赶走了沉沉的暮色，而下沙的风情舞步却翩跹
　出袅娜，
就像我从没有来过这儿一样，悄无声息地扯上了一方神秘而奇
　幻的面纱。

昨晚，我听见潮水涌上海岸线，我听见向日葵整理行囊，
我听见人们熙熙攘攘的欢呼，
只是，声音里多了一点点北回归线以南的味道，说不清的味道。

水调歌头·夕阳红

饶玉林

晨曦送静好,暮色接呈祥。度日清闲,自在乐享晚年间。勤赋五言七律,双舞慢四中三,潇洒夕阳人。朝饮鲜羊奶,餐品酿红干。

老伴淑,儿子孝,媳妇贤。家庭幸福,美满温馨何不羡。仙居葵丰亚迪,境游万水千山,笑春风送暖。终身无憾事,远近有知音。

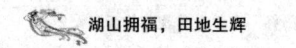

福田医者——您是守护我们的天使

周林

当阴郁的天空不再阳光明媚
当纯净的水流没有了唱鸣
当我们的肌体日趋衰弱
我渴望遇到一枚心仪的天使
那就是您——
人民健康的守护神——医者
医者仁心,我们用大爱筑起一道新的长城
救死护伤,这是我们神圣而光荣的使命
只要我们选择了白大褂
我们的初心永远忠贞不渝
为了嘱托!为了希望
我们不断提高医术技能、做到临危不惧
时时为病患者着想

立足一线,每个科室都是我们拼搏的战场
7S 管理,我们将快乐融入细节
想患者所想,急困者所困
防院感、除隐患;有预案、同担当

爱的事业爱为先，我的青春我做主
补短板、强基层、重融合、看小康
新时代里新风貌，我们的世界更和谐

以人为本，以人民健康为中心
血脉连着你我，爱心永续未来
健康的话题无小事，细节深处见深情
有您守护——我们收获最美的笑容
理解万岁——爱心开启一盏不灭的心灯
匆匆的脚步，挂念的永远是患者的安危
忙碌的身影，汗水湿透衣背
甜蜜的微笑，绽放着火热的衷肠
伏案、诊疗，没有半句怨言
重重的隔离，驱不散朋友的牵挂
厚厚的防护，隔不断亲人的期盼
半截人的故事，其间深藏无数个不眠的憔悴
唯有挚爱，方能把握住生命轮回的航舵

延续幸福，佳话永传
誓言在耳，为爱出发
南丁格尔的光芒
照进每一个医者的未来
妙手丹心、华佗再世
生命的风帆永远向前、向前

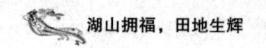

福田

赵媛媛

每当清晨的第一缕阳光照耀着大地的时候,这个古老的城区就缓缓地苏醒了,随着街边的吆喝,随着第一趟早班车的启动,随着每一个人为生活奋斗的脸庞,福田开始了它一天的生活。

而关于"福田"一名的由来,则有两种说法:一种说法是源于宋代所题"湖山拥福,田地生辉"。另一种说法是源于南宋光宗皇帝赵惇绍熙三年(1192年)。史书记载,上沙村始祖黄金堂的四子黄西为到松子岭南麓建村,开荒造田,块块成格,故名为"幅田",后人谐音为"福田",意即"得福于田"。但不论是哪一种说法,都不可否认的是这真是一块宝地,在福田的人们用他们的双手不断地打磨、修整这块土地。随着GDP的不断增加,随着一座又一座高楼拔地而起,福田都在不断地突破自己。尤其是2018年,在《2018年中国百强区发展白皮书》的综合评析下,福田在全国968个地级市市辖区发展情况中排名第三。这一切也都说明福田正在从一个史书中的小村庄蜕变成大城市。

千淘万漉虽辛苦,吹尽狂沙始到金。福田终会随着时代的发展,在历史颠簸中逐渐坚固自己。

福鸟——福田观鸟杂记

江明

2018年春节在福田休假，慕名来到红树林公园，巧遇观鸟会活动，跟在一群八九岁孩子后面开始了观鸟科普之旅，认识了深圳常见的鸟类。由此激发了观鸟兴趣，这时才注意到身边有那么多的鸟，每一种鸟都有讲不完的故事。

福田的明星鸟首推黑嘴琵鹭，三五成群在红树林湿地公园的小海汊里扫荡，成为许多鸟友和摄友追逐的首选。常伴黑脸琵鹭一起的是苍鹭和鸬鹚，苍鹭外号老等，常常站在水边石头上半天不动一步，专等鱼儿上门；鸬鹚在水中吃饱后，喜欢在木桩上伸开双翅晒太阳。

福田数量最多的鸟应该是红耳鹎，无论是社区、马路，还是绿地、公园，只要树中有鸟儿活动，细心观察十之八九都是红耳鹎。外省麻雀很多，而福田比较少见，但一次在新洲河边见到几百只麻雀集体沐浴开会，场面甚是壮观，不知这么多麻雀平时都在什么地方，这时又因什么聚在一起。

我眼中最漂亮的鸟是红嘴蓝鹊，有喜鹊一样招人喜欢的叫声，更有比喜鹊高不知多少倍的颜值，更可贵的是它不似喜鹊高高在上、独立枝头，而是成群出没在绿地、公园灌木丛，经常在人们的水平视线间活动,非常亲民。

曾在皇岗公园听到一只鸟鸣叫悠扬,声音具有很强的穿透力,在高高的树冠里,可惜无法一睹尊容,后来多次循声追踪,终于在莲花山见到猩红眼、浑身漆黑的噪鹛和它一袭白点新装的新娘。山间健身的潮州客家大嫂介绍,这就是姑嫂鸟,系被恶姑虐待致死的新妇所化,其声充满怨气。白胸苦恶鸟,则直接用这个故事命名。如今如果给鸟儿重新命名,肯定不再出现此等恶名,应将是另一番盛况吧。

红树林道边安心食草籽的斑文鸟,成为手机竞相争邀的网红;水边捕鱼的小白鹭、夜鹭、池鹭,换来游人的啧啧称奇;乌鸫、八哥、鹊鸲、鹩哥、椋头在草地上、树丛下抓虫、刨蚯蚓,吃饱后飞上枝头,尽情地高歌一曲,这歌声真是人间天籁。

小小的棕头鸦雀、山鹪莺、缝叶莺在灌木丛中叽叽喳喳地发表高论,从来不曾引起人们的丝毫关注,一旦在树间发现其巢窝,立刻会惊叹其精妙,其精美远胜过任何一位才华横溢建筑师的想象。

翠鸟久候后给小鱼致命一吻;斑鱼狗直升机式的立停、俯冲、入水、升空,完美的动作完成在你眨眼的瞬间;夜鹭、斑鸠无意间坠到水面,正当人们惊讶时,它们嘴里叼鱼飞上树,美美地开餐。

号称七姐妹的黑脸噪鹛,一个噪字了得,此起彼伏,噪噪地来,又噪噪地去;黑领噪鹛则躲在香蜜公园的荔枝叶中,害羞得不肯见人,偶尔从叶间露出一个花脸,叫一声又窜入树海;灰背鸫、白眉鸫时不时从林底走出,在人行道上漫步,当人走近,往前飞十几步,如果逼得紧,就尖叫一声没入树荫里。

走在绿色步道上,时常会邂逅斑鸠和伯劳,斑鸠在眼前飞起,然后在身后落下,不离自己的一亩三分地;伯劳则前飞十来米,找个地方落脚,当人走近,它再前飞十来米,像一个敬业的向导,指引人前行,在福田散步真舒心。

下次来福田一定带上望远镜,去海边看海鸟:大白鹭傲气、潜鸦憨态、鸳鸯亲昵、大雁劲飞、海鸥击浪、反嘴鹬争食……

福田，我的幸福驿站！

漂梦

福田，是深圳市中心城区，是市委市政府所在地。经济繁荣昌盛。其中，位于福田区红岭中路的荔枝公园，更是旅客游玩观光，娱乐休闲的好地方。环境优美，荔枝成林！园内还有荔湖、槟榔树、亭台楼阁、廊桥水榭等景观。每年荔枝成熟时，果实累累，一片火红，非常漂亮。建有亭、台、楼、阁、水榭、小桥流水、花廊、竹径、古树名木、奇石怪桩等二十多处游览景点。公园浓荫蔽天，绿草如茵，环境优雅，闹中取静，是深圳闹市中的一颗绿色明珠。我才学浅薄，无法体会苏轼的"日啖荔枝三百颗，不辞长作岭南人"之美感。但我与荔枝有缘，一次偶然的机会，我去了福田，我便深深迷恋上了这个地方……

2008年的阳春三月，我背起简单的行囊，投奔了在广东省深圳市福田区红岭中路附近一工地做工程师的表哥。

三天后，我在表哥的工地旁开了个小卖铺，主要经营一些烟酒、矿泉水、槟榔、生活用品等。生意也算兴隆。客源主要是工地的工人。有时，也有友善的本地人。在与他们的交往中，我发现福田人民不仅奋发向上，还乐于助人。有一次，我进了很多货物。表哥正好出差了。正当我愁眉不展的时候，阿健和阿成来了。问我有什么需要帮忙的。我话到嘴边又咽了下去。毕竟我和他们不怎么熟悉，他们又是本地人，我就站在那里拿不定主意。这时，手疾眼快的阿健就把我小卖铺门口的一堆货物搬进了我的仓库。阿成就负责货物记录。当我要给他俩付工钱时，两个淳厚朴实的年轻人早就溜之大吉。我很过意不去，就叫表哥给他们送了几包烟。可是，他们怎么也不肯接，硬是付了烟钱。

从那以后，我和他们成了无话不谈的好朋友。我和阿健更是擦出了爱的火花。

记得我和阿健第一次约会，是在荔枝公园。阳光明媚，硕果累累。我们漫步在绿草茵茵的公园小径，一边谈天说地，一边深情地看着彼此。心中的感觉难以言喻，只能用迷恋来形容。到达山顶后，阿健要我闭上眼睛，用他的大手蒙住我的眼睛。随即，给了我一个甜蜜的吻。那一刻，我陶醉了，陶醉在这个如童话般的情景里。心中的爱恋，愈来愈浓烈。这时，清爽的风迎面吹来，吹得我头发乱乱的，阿健用手轻轻抚摸着我的秀发，把我抱在怀里。这种感觉真好，我喜欢。接着，阿健送给我两条漂亮的小毛巾。一条粉红色，一条蓝色。他说代表什么，我已记不清。只是，感觉送我毛巾就是好的预感。因为，毛巾，我每天都要用……

天终于放晴了。被阴雨绵绵禁锢了十多天的我，特别期待能在一个阳光明媚的好日子走到户外，看一看久违了的广阔美景，再让温暖的阳光晒一晒快要发霉了的心情。男友好像看出了我的心思。用短信给我写了首《初恋情结》："我不想说如何的爱你,那是现代人的一种最粗俗的语言。爱是人类最原始的情感,爱是人类最美好的情感。如果你是一只飞鸟,那么我也愿是一只飞鸟。我们翅搭着翅,一路浪漫远行。"我细细读完,感动得热泪盈眶。生活的不愉快随风吹走。接着,男友趁我没有防备,给了我一个甜蜜的吻。然后,牵着我的手出门到户外,说带我亲近自然,体验摘荔枝的乐趣。

碧空无云,宽广的荔枝园绿意盎然,浓翠的叶片勇敢地张开胸怀,为一个个红宝石般的荔枝遮阴。我小心翼翼地拨开细密的叶丛,那泛着诱人色泽的水灵灵的荔枝乖巧地隐蔽在留有残露的叶丛中,让人不忍采摘。这时,一阵微风吹过,阵阵甜香溢散开来,仿如青春的气息,把人的心灵带到那个最柔软的境地。如来佛祖的头一样的形状,剥掉皮,雪白的果肉,立马吸引了你的味蕾。尝了一口,又想咬下一口,润甜多汁,生津止渴,营养丰富,谁能不爱荔枝啊,我们都是荔枝控!荔枝因其惹人爱的外形,香甜的果肉,含有特殊的浓郁水果芳香,分外惹人喜爱,是老少皆宜的绿叶水果。

男友一再嘱咐我:采摘时动作要轻,只需轻轻掐掉荔枝枝梗,即可摘下来,有利于荔枝的保存。嘻,他多爱惜植物。我刚抬脚,准备踩踩这荔枝园柔软的小泥土。

"请您脚下留情,享受采摘乐趣的同时,注意不要伤害娇嫩的荔枝宝宝。"男友再一次呵护他心爱的荔枝,犹如一位父亲呵护他的一个孩子那般让人感动……

回到家,我费了几分钟时间,用清水洗了几个色泽靓丽、新鲜的荔枝,刚一口咬下去,那甜润多汁的滋味,让我永生难忘,也加深了我们彼此的情感。

第二年的6月22号，阿健再次带我去了荔枝公园摘荔枝。喜悦之情难以言表，只能用感动来形容。荔枝是一种鲜美甘甜的营养水果。它含有丰富的维生素C、叶酸、葡萄糖、蛋白质、果酸以及矿物质等营养成分，能增强体质，提高免疫力，补脑，助眠，润肠通便，润肤等。所以，荔枝成了我的水果首选。

闲暇之时，阿健还喜欢带我去步行街、深圳市民中心、莲花山、荔枝公园、华侨城等地游玩。隔三岔五也去东门时装城逛逛，那儿的店铺很多，不同的楼层集聚不同价格的服装。这里设施配套完善，购物方便，且都是大品牌。只是，每次去都人山人海，有时花上半天时间也购不到我想要的连衣裙。心里顿生怨气，哭丧着脸。阿健只好带我去九方购物中心。这里交通便捷，环境格调优雅，店员热情，款式新颖，价格合理。所以，我每次去都大包小包买一大堆，恨不得把整个地下商场都搬回家……

除此之外，福田的人也非常好，他们热情好客，相互帮衬，从不歧视我们。也正基于此，我在这里待了三年。"人非草木，孰能无情？"在一个地方待久了，就会自然生出感情来。以致后来，我与助我发展的阿健成了男女朋友。阿健还把他的打工积蓄投入了我的小店。他经常带顾客来我这里购物。渐渐地，我发现这些顾客有很多是我湖南老乡。他们来我这购物，主要是看中了我卖的湖南剁辣椒和酸豆角。我曾听一位湖南老乡说，他们早餐吃不惯肠粉，但加一点剁辣椒和酸豆角，他们的胃口会大增。既然我在福田都能吃到家乡的美味，那我就要在福田好好工作，把这里当成自己的第二故乡，好好建设福田。我听了，眉开眼笑。总算为福田尽了点绵薄之力。一年后，我也在这里小赚了一笔。我还把福田的手作牛腩面加点我老家的剁辣椒。结果，酸辣牛腩面也备受食客们的青睐。如今，我开的小卖铺扩成了小型超市。我还在超市的旁边新开了家餐饮店。主要美食有砂锅油豆腐，榴莲油条，椰香排骨，手作牛腩面，椰子鸡，石锅鱼等美味佳肴，由于独特的味道，倍受食客们的青睐，生意欣荣。我真的要感谢阿成和阿健，是他们的热心帮助，才让我迈开了成功的第一步。接着，我和阿健用开店所赚的存款在福田买了套新房，等新房装修完毕，我和阿健就步入了神圣的婚姻殿堂。婚后不久，又喜得女儿。去年三月份，我们用打工积蓄买了部三十多万的东风本田的小轿车代步。同年七月份，老公又把公公婆婆，女儿也接来了。婆婆负责照看小孩，公公则在家做点家务。每个周末，我和老公会带着孩子去莲花山公园和深圳市民中心、荔枝公园等地游玩，透过孩子堆满稚气的笑脸，我的幸福无法言表……

如今，我的小孩已在深圳市福田区丽中小学读书，而我依旧在工作上马不停蹄地奔跑着，偶尔也酝酿几篇豆腐块，刊发在报纸、杂志上。我始终坚信，我能在福田这个只要付出就有回报、不断为寻梦人传递正能量的地方收获幸福生活。

福田，我的幸福驿站！浪漫、温馨、和谐，是你的城市"音符"，留给我的也将是最幸福的记忆和感动！

凤凰花又开

王芹霞

刚搬来这里不久，我就被院子里矗立的三棵大树吸引住了。它们中有两棵如脸盆宽，另外一棵小的有碗口粗，两棵大的如同一对恩爱的夫妻，互相环抱在一起。而小的那棵则像它们淘气的孩子，长在离它们几米远的地方。刚开始的时候，我并不知道这三棵树的名字。

每年的五六月份，树上总是开满红彤彤的花，远看就像浮在天空中的一片绯云。它们一簇簇，一丛丛，一团团，十分耀眼。细看这些花儿，每朵有五片细长的花瓣，夹杂在花萼中的是几根柔软的花须，优美细长的花瓣和花须组合在一起，如同一只展翅飞舞的凤凰。或许是太漂亮了，常常听到楼下的老太太兴奋地喊："凤凰飞来了……"这时候，我才知道它们有个迷人的名字叫凤凰木。

第一次见到如此美丽的古树，我心里竟然充满了惊喜。由于我家的窗台正对着这三棵凤凰木，每当它们花开正繁的时候，我总喜欢坐在窗台边，看上一整天。当那带着湿气的夏风吹过时，树木会发出絮絮的声音，随后就是满眼的繁花纷飞。花儿落得满地都是，瞬间就给地面铺上了一张艳丽的红地毯。大家不忍心践踏这些花儿，就让它静静地装饰一个初夏。

从七楼高的窗台望过去，粉白的楼房，漆黑的屋檐，掩盖在这些绯红中，它们若隐若现，组成了一幅细腻的岭南派中国画。凤凰木每年如期盛开，似乎在提醒着我们，美丽的夏天马上就要来临了。三棵凤凰木，依偎在一起，就像家人一样相亲相爱。我猜想，它们里面应该有一个故事吧。

社区里最年长的老人告诉我，解放前这里曾是一块荒地，当时寸草不生，只长了两棵高大的树木。当人们知道这树的名字叫凤凰木时，都觉得这是一块风水宝地。于是，两棵凤凰木才幸免被砍当柴烧的命运。不知道从哪一年开始，两棵凤凰木几米外的地方又冒出了一棵小树苗。可能看起来更加和谐吧，于是三棵凤凰木便成了一个整体。

据说，20世纪90年代刚建设这个社区的时候，由于土地资源珍贵，开发商曾建议砍掉这三棵凤凰木，腾出一块空地，盖一栋二十层高的楼房，但遭到周边居民们的一致反对。大家都说，人和树一起生活了几十年，都有感情了。砍掉三棵古树，就像失去了一位亲人。于是，在村民们的极力维护中，三棵凤凰木最终存活了下来。

虽然我不知道老人口中的故事是否属实，但看着这三棵粗壮的凤凰木，我心中竟然升腾起一种敬仰之情。日常生活中，我也可以感受到，邻居们是真心喜欢这三棵树的。为了防止小孩们攀爬玩耍，三棵凤凰木四周被栏栅圈起。每年春天，社区里的张大爷，更是自发给三棵树木刷灰驱虫，一旦发现有虫蛀洞，立刻帮它们"把脉问诊"。

去年，最强烈的台风"山竹"侵袭深圳，三棵凤凰木也不能幸免。经过一晚的疯狂摧残，三棵凤凰木被严重折损，有一棵更是被狂风劈开了一半。枝枝丫丫横七竖八地凋零在地上，残枝败叶落得满地皆是，三棵凤凰木元气大损。大家看到此景时，全都流下了伤心的眼泪。

为了保护它们，让三棵凤凰木焕发第二春。于是，邻居们自发组织起来，大家齐心协力修剪败枝，绑扎断干，重新培土，修补围栏，还给三棵大树打"营养针"。经过长达半年的细心呵护，断裂的树干终于冒出了新生的嫩芽。那一刻，大家才彻底松了一口气。至此，三棵凤凰木，终于渡过了难关。

大家爱护着这三棵珍贵的凤凰木，凤凰木也为周边居民提供了一片悠闲的活动场所。每当炎热难耐的夏天，凤凰木下便成了欢乐的海洋。老人们在树下下棋、品茗、打太极，下班后的年轻男女则在这里跳起了活力四射的广场舞。小孩子们则在树下追逐游戏，一阵阵欢声笑语不断传来……

今年，凤凰花又开了。望着这些动人的花儿，让我更加热爱福田这片淳朴的土地。三棵凤凰木，它们就像生命中的守护神，见证着我们的眼泪与欢笑，让我们一起呼吸，一起祈祷，一起做梦……

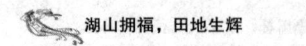

福田生活笔记

谢文华

福田,一个幸福的词儿。很多人都说,只要你在福田住上一阵子,你就舍不得离开。这里有高耸入云的摩天大楼,精彩纷呈的书城广场,花团锦簇的城市公园,还有那些充满着爱与善的人们。那一抹抹动人的微笑,那一双双温柔的手,无不演绎着福田美好的生活表情。

梅林山的"护花使者"

在福田区的北面,有一片美丽的山峦,它的名字叫梅林山。梅林山山峦叠翠,绿树成荫。它的山脚下,镶着一片天然水库,水库碧波荡漾,鸟语花香。每当晴空万里的时候,蔚蓝的天空映衬在湖光山色里,随着清风的流动,不时变幻着湛蓝、澄清、翠绿的颜色。此刻,它就像跌落在福田大地上的一面镜子,让人如痴如醉。

连接着梅林山与水库间的是一条青石板路,那斑驳的青石板刻画着岁月的痕迹,在每块青石细微的裂纹间,点缀着清新的青苔或绿草,让石板路充满了诗意。人走在上面,叩响在青砖上的声音，似乎要与大自然来一次深情对白。

小道两边设置的凉亭石凳，可供市民休息遐想，有时候你会对着满山正开得灿烂的簕杜鹃发呆，有时候你会望着眼前的碧波秀水思考生命的意义。不管你用哪一种方式品味眼前的景致，那都是一种难得的享受。这条石板路，每天都干净如洗，它就像萦绕在青山绿水间的绿丝带，韵味无穷。

而守护着这片风景的是一群园林大姐。她们穿着带有环保标志的绿马甲，后背挂着装垃圾的背篓，手里拿着铁钳和铲子。她们的工作主要是清理栈道上的垃圾，修剪景区内的花草，养护新培植的植物。她们是"护花使者"，更是梅林山的"守护神"。

很多时候，我们只顾着欣赏眼前的风景，却忽略了她们在默默地奉献。有几次，在黄昏登山的时候，我刚好遇到她们下班经过。这些朴实的大姐，她们的笑容竟让我感动了。她们说着家乡话，虽然我听不懂她们话里的意思，但从那憨厚的表情里，我读到了一种人与自然和谐相处的幸福。

她们的工作不显眼，甚至被人忽略。一个偶然的机会，我和一位大姐聊上了。她说，自己是四川人，来福田已经二十年了。她见证着福田翻天覆地的变化，九十年代初，梅林还是个偏僻的地方，周边的房子不多，后面的梅林山更是荒凉，很少有人游玩。随着经济的腾飞，福田中心区不断向梅林蔓延扩张。最后，梅林山建成了山体公园，修建了绿道，成为福田响当当的"绿翡翠"。

大姐做环卫工作多年，最后分配到梅林山的时候，她就再也没离开过。我问她什么原因？她笑笑说，年轻的时候，去过很多地方，最喜欢的还是这里。喜欢这里的风景，喜欢这里的人。上山散步的老人遇到我们了，常常对我们说，大姐，辛苦了，歇一下吧。他们发自内心的慰问，让我很温暖。美丽的风景，友善的人，坚守在这里，值得！

地铁站里的"红马甲"

他是地铁 9 号线梅景站里的"红马甲"，熟悉他的人亲切地叫他谢爷爷。这个谢爷爷，他既是地铁站里的义工，还是我的父亲。父亲是退休工人，随着孙子的出世，我把他和老妈接来福田一起生活。

随着孙子日渐长大，加上有老妈的悉心照顾，老爸就显得有些"多余"了。突然有一天，他神秘地告诉我，他要做义工了。我当时十分惊讶，老爸连普通话都说不好，怎样帮助别人呢？我用疑惑的眼神望着他。他反倒乐了，普通话说不好，我会粤语、客家话、潮汕话嘛，实在不行的话，我就用手比画呀。

老爸铁了心要做义工，其实是有原因的。记得 2012 年他刚来福田的时候，由于人生地不熟，加上语言障碍，第一次坐地铁的时候就迷路了，最后是义工朋友亲自送他回家的。这件事一直记在老爸心里，他要用实际行动把爱心传递下去呢。

每天早上 6 点 30 分，老爸穿着红马甲带着小腰包，准时步行到梅景地铁站。他的工作是站在手扶电梯的出入口，主动帮助那些有需要的市民。有时候他会帮那些买菜的老人家推小车提东西，有时候他会提醒大家主动靠右站，为赶时间的人让出一条畅通的"小路"。更多的时候，他会笔直地站在岗位上，随时为乘客们答疑解难。

久而久之，附近的市民和老爸相熟了。每次经过的时候，都会打招呼或寒暄几句。虽然是简单的问候，但老爸总是乐呵呵的。每晚回到家，他总是给我分享每日发生的故事。"帮助别人，快乐自己"，这句名言更是成为老爸的口头禅。

挂在老爸腰间的小包其实内有"乾坤"。它里面装着应急药物、深圳地图、线路图、公交站、便民电话等，特别是那些便民电话，他还自己亲手制作了精美的小卡片，方便那些急匆匆的路人保存。老爸这些细节堪称专业，难怪得到那么多人的敬重。

我对老爸说，你这个地铁义工真是敬业啊，打算做到几岁啊？老爸哈哈一笑道，活到老，做到老呢。说这话的时候，老爸并不是在开玩笑，而是真正履行自己的承诺。以前，他喜欢熬夜，怎么劝都不听。后来看报纸，知道熬夜对身体不好会折寿。做了义工后就变乖了，因为老爸知道，只有长寿，才能坚持得更久。

通过老爸这双眼睛，让我看到了福田人文明的蜕变。以前，大家乘坐地铁时喜欢争先恐后，互不相让。现在，你总能看到大家自觉排队，尊老爱幼主动让座。每次推婴儿车进出电梯的时候，总有一双温柔的手帮你按住随时可能关闭的电梯门。每日失物招领的爱心故事更是不胜枚举……这些温暖细节，让老爸感动，更让他的晚年生活充满幸福。

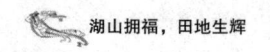

莲花山公园"领舞人"

莲花山公园绿树婆娑,花团锦簇。每天吸引不少市民前去游玩,我和妻子也不例外。公园北门有个小广场,面积不大。每次散步的时候,总能看到一位头发花白的老爷子,在动感音乐的伴奏下,带领着一群年轻男女翩翩起舞,欢声笑语不绝于耳。

老爷子大概60多岁,精神抖擞,满脸红光,十分有朝气。每次散步的时候,我总能看到他。刚开始的时候,他"粉丝"不多,后来发展成三十多人的庞大队伍。这些"粉丝"以上班族为主,大家并不相识。可能被老爷子的魅力感染了,都纷纷加入这欢乐的广场舞中。

老爷子很友善,每次经过的时候,我总会驻足一会儿,彼此点头致意。时间久了,似乎成了老朋友。刚开始,我还以为他是街道办聘请的"领舞"老师,专门辅导市民跳舞的。趁闲适的时候,和他聊上了。才知道老爷子姓郑,和大家一样,只是附近的居民而已。粉丝们亲切地叫他"郑伯"。

郑伯老家在安徽,年轻时来深圳谋生。50岁那年,老伴因一次意外,离开了人世。现在女儿已经远嫁北京,虽然女儿多次要求接他到身边照顾。但郑伯因为眷念福田,所以坚持留了下来。他平时主要靠摆地摊卖水果来维持生计。郑伯笑口常开,这些艰辛对他来说只不过是过眼云烟罢了。郑伯并不是舞蹈科班出身,只是当年上山下乡的时候,练过扭秧歌,有些舞蹈底子。至于他现在跳的广场舞,完全是自学成才的结果。

生活并不富足，为何还愿意花钱购买音响和光盘，组织大伙跳舞呢。郑伯对于这样的疑问，显然不陌生，估计很多人都问过他。郑伯笑笑说，我看周边的人，特别是年轻人，每天就是上班下班，生活压力特别大，天天愁眉苦脸的，见不到一丝阳光。附近也没啥娱乐的，于是就动了组织大家跳舞的念头。

郑伯继续说，刚开始，别人还以为我来卖艺讨钱的。后来一直在坚持，慢慢有人过来问，想加入跳舞的队伍，是否收钱？郑伯说，非常欢迎，一分钱都不要。还可以推荐身边的朋友过来参加。就这样，队伍一天天壮大，现在场地也开始显得拥挤了，但看到大家神采飞扬的样子，我的心比吃了蜜还甜。

其实，郑伯还有个"阳光老人"的称号，他会把每天卖剩的蔬菜水果，免费赠送给社区低收入家庭，从来不收一分钱。社区里外来人口众多，很多受过郑伯馈赠的人，可能都不知道郑伯姓啥名谁就离开了深圳，但是郑伯却毫不介意，还乐在其中。

说到爱，很多人都觉得巨款捐资、舍身相救，那才叫大善大爱。其实，给予别人一丝温暖，一点快乐，也是一种爱，就像阳光老人郑伯一样。他通过自己的真挚行动，向别人传递一点一滴的温情，这种善举是细微的，却让人动容。正是这种润物细无声的爱，才让福田变得越来越有人情味儿，并让生活在这里的人幸福而感动！

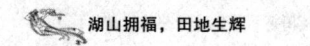

湖山拥福，田地生辉

席雨琪

> 在美丽的香蜜湖畔，我有我的思想在自由飞翔，青春的岁月，科学的力量。相信远方，看见想象，远方是我们一起找到的理想，在可爱的紫色城堡里……
>
> ——题记

福田于我是个远方。三年前我才第一次来福田，因为高中新生报到。

母校坐落在这片土地的中心，四周高楼的玻璃折射出刺眼的阳光，车流川流不息，人群熙熙攘攘，标示着属于福田的繁华。从小在海滨长大，我对福田这个需要坐地铁转公交一个多小时才能到的陌生地方，充满了深深的距离感。它于我而言像是一幅平面的画，我站在它的面前只是简单的赞叹、纯粹的憧憬。

一切的开始都平平无奇，报到，入学，分班，军训，忙碌中却不知不觉已走进画中，我也开始在这幅叫作福田的画卷上添上自己的色彩。只是当时尚不知道这片土地会这样精彩。

高一因为少年心性对周围充满好奇，深国投、车公庙、东海广场……每次在各个商业圈左顾右盼的时候，都会暗自感叹福田的繁华。走在返校路上，时常可以看到疾步走过的人群，有清洁工、提着包的工作者、穿着西装的青年。福田有鳞次栉比的高楼、随处可见的绿色、完善的公共设施，而这些，来自无数福田人的双手。

高二学校组织自由采风活动，我的班级选择了莲花山。站在邓小平爷爷塑像面前，可以俯瞰整个福田。我们忽然惊觉高中生活充满了课业和压力，似乎从没有人仔细看过生活的城区。

日月经天，江河行地。岁月不居，时节如流。在福田这片土地上淌过的岁月是厚重的。福田的名称来源于"福田村"，据说跟沙头的黄氏有关。南宋光宗年间，上沙村始祖的第四子黄西为，迁到松子岭南沿定居，带领儿孙开荒造田，因造的田像格子一样，就取名为"格田"，后看到田里的庄稼颜色碧绿，好似幅幅图画，心里非常高兴，又将"格田"更名为"幅田"，因"幅田"中的"幅"与"福"同音，再改名为"福田"，有"得福于田"之意。

福田又是年轻的。现在距1192年已过800多年，可距改革开放仅过四十年，而先人们"湖山拥福，田地生辉"的愿景早已实现，甚至超乎他们的想象——GDP稳步增长、"城市大脑"、"一轴两翼"、"百园福田"……

站在莲花山顶俯瞰，仿佛见证着福田的沧海桑田，风雨兼程。深圳作为"大鹏展翅"的年轻城市，一直飞翔在改革开放浪潮的最前端，引领改革开放的潮头；而福田作为深圳市中心城区，不断开拓进取，成为推动鹏城走向国际的强大羽翼！

站在莲花山顶仰望，改革开放的总设计师仍深情地注视着眼前的城市，衣袂纷飞，目光坚定，提醒着一代又一代的福田人民历经风雨，不忘初心。莲花山一游让我第一次感受到了福田的厚重，连名字都带着美好寓意的莲花山，却见证了多少代福田人的不屈与拼搏。风筝逐风，人逐上游，少年青云子，当以此为自强。

"莲香入楚衣，花落瀑泉飞。公子何时至，园楼春正归。"那天傍晚红霞满天，晚霞下面是徐徐飘动的风筝，风筝下面微风吹过最好年纪的我们。

高三搬到了另一个更安静的校区，开始更繁重的学习。校区离福田儿童乐园仅两条街区，下午总能听到小朋友打闹嬉戏的欢笑，我也偶尔和朋友去找找回忆。还有标志性的香蜜公园，公园以"编织城市文化"为理念，融合"海绵城市"设计，形成运动休闲、山林果园、生态水系、花卉生活四大功能区，实现了"过去与未来""公园与城市""景观与生活"等多重元素的设计融合，有力地促进了城市文化的生长与交融。

夏日高考季，焦头烂额埋头苦学之余，香蜜公园是再好不过的寻找清凉、释放压力的去处。时常和朋友从以怀旧为主题的艺术编织广场进入，被地面铺装的跳跃的、对比强烈的彩带牵引游走在记忆与现实之间，让大脑偷一会儿闲。沿路前行，风铃花、扶桑花、白兰、米兰、九里香、栀子花……香蜜公园种植了众多招蜂引蝶、引鸟的蜜源植物以及代表甜蜜生活、爱情的植物。都说明亮的暖色调与沁人的花香能让人感到温暖与愉悦，漫步花海，仿佛给大脑一次全方位的舒压按摩。

距母校100米的地方有座天主教堂，尖顶灰墙，在热闹繁华中自成一派庄严肃穆。每个礼拜日会传来悠扬的颂歌，神圣安宁。

母校的钟楼为罗马风格，每天会在几个准点时分响起钟声。钟声古朴厚重，与焦头烂额的我们形成强烈反差。"当——当——当——"一声接一声，让我暂时忘却手头上的课业，只潜心寻找那仿佛传自一座深山、一座古刹的钟声，仿佛连笔尖的摩擦声也会湮没这出尘的梵音，宛若天籁。

书山有路勤为径，学海无涯苦作舟。在高三如逆风而上、逆水行舟的日子里，时常庆幸自己是在福田度过了高中三年。因为福田就是这样一座城区，在这里会有压力，会见识太多优秀的人，而且有很多优秀的人比自己更努力；在这里会力求上进，因为会见到更广阔的天地，会对未来产生更大的期许。但是在这里也会更拼搏、更坚韧、更勇敢。在逆水行舟的日子里，我看到的不只是眼前急流湍湍，还听到了清晨香蜜公园的百鸟争鸣，品尝了午时CBD琳琅佳肴，看到了傍晚莲花山风筝飞扬、火烧云霞，见证了夜晚这座城区的灯光璀璨、车水马龙。

从我踏入福田那一刻起，我已步入这幅繁华图景，愈探索，愈着迷。

三年青春如白驹过隙，走出高考考场，才惊觉如今竟要离开福田了。高中生活的最后一个下午，是在香蜜公园结束的。

六月盛夏烁玉流金、吴牛喘月，园中却依旧清凉，玫瑰花园中被誉为"花中皇后"、"戒指上的宝石"的月季灼灼盛开，花带蜿蜒穿过层层花墙，花树于花镜中挺拔，路灯与标志上的玫瑰镂空花纹在草地上投下斑驳阴影……一切都展示着属于福田的浪漫。我的高中在福田的盛夏中开始,于香蜜的花海中落幕。

"在美丽的香蜜湖畔,我有我的思想在自由飞翔,青春的岁月,科学的力量——"

"我和我的希望在彼此凝望,每一个生命,像朋友一样——"

"要我们成为自己的太阳,相信远方,我心明亮,远方把信念放在我身旁——"

校歌的旋律仍萦绕耳畔,福田的气息仍沁满心田。坐在回家的车上,我距福田渐远,但我从未离开。

福田于我是个远方,但如校歌所唱,是福田让我从远方走向远方,从此"相信远方,爱梦辉煌"。

四十年栉风沐雨,九万里风鹏正举。昔日福田育我成长,而今我必执福田之手,回首往昔,岁月如歌;展望未来,但见荣光!

市民广场上的灯光

王成友

那天，参观市民广场的灯光秀，我激动万分。80万点光源组成的灯光矩阵甚是壮观，市民广场和平安大厦遥相呼应，图画幻彩纷呈。区域的小夜景和大的主题背景相映衬，纷繁但不杂乱，先进的智控手段与创新的视觉表现手法相结合，令人叹为观止。

"啊，太美了！"一阵阵欢呼如热浪翻涌，我激动得热泪盈眶。长期以来，我就对灯光有着独特的情感。

小时候，生活在大山里，经常走夜路，灯光是跋涉长久之后的企盼。那时候，即便是上小学，也要起个大早，走很远的山路，才能到达山上的小学校，小学校里微弱的灯光，就是心中最明亮的召唤。那天放学很晚，夜里回家，走在山间田埂上，远远望见河套里有两束明亮的灯光在行进。我以为是走夜路的人提着灯笼在疾走，内心就多了些依恋，可是同行者小黑告诉我，那是狼的眼睛，它们在四下逡巡猎物呢！我吓得腿肚子抽筋，撒腿就跑，跑得上气不接下气，直到望见水田边上学成叔叔的茅草屋里的灯光，心才安定下来。灯光使我困惑过，迷惘过，为何狼有着如炬的眼睛？难道是为了迷惑夜行人吗？

然而，也只有灯光，才让我感到安稳，才让我找到家的召唤，找到归属感和安全感。

三十岁，而立之年，我来到深圳，最先感受到的仍然是那光怪陆离的灯光。在深圳这座大都市，我也曾困惑过，迷惘过，然而，我终究走出了阴霾，艰苦奋斗之后的收获更加珍贵。

眼前的光影在灿烂着。四十年前的小渔村，像一幅古典水墨画一样浮现眼前，山海环抱，晚霞夕照，渔舟唱晚，一派宁静祥和的景象。正当人们沉浸其中忘我陶醉的时候，画风突然来到了现代化的大都市。画面一会儿倏地进入海底，眼前是成群的鱼穿梭往来，彩色的珊瑚礁和飘摇的水草如梦似幻。接着，画面又倏地跃出海面，金色阳光洒满纵横的街道，熙熙攘攘的人群穿着五颜六色的衣服奔涌在热闹的大街上，琳琅满目的商厦和广告牌显示着城市的繁华。

这里是我曾经奋斗过的土地，细细想来，我也在这座城市奋斗十四年了。刚来深圳的时候，我还在黄田，深圳机场还在原址上。机场南部是一片荒滩，黄泥沼泽，水塘密布，小菜地挨挨挤挤，沿着一条泥泞的小路走去，一直走到海边，可见小渔船停泊在岸边，小木屋歪斜着身子立在水塘边……

如今再去机场，宽敞的高速路在蓝天下伸展巨臂，原先那些泥塘和泥泞路的位置，变成了一个个物流中心。高速路上车水马龙，集装箱进出，一派繁忙的景象，这些变迁是我亲眼见证的深圳速度。

在小学校代课的日子是苦闷的，每当我疲惫地走在金盛路上的时候，那些陌生的灯光照着陌生的我。有一天，站在107

国道的黄田立交桥上,那些汽车如火龙一样的灯光,一束束打在自己的脸上,我曾经怀疑过自己的人生:你的人生目标是否是清晰的?禁不住追问,我感到一阵眩晕,身体更加疲倦了。我在幽暗的路灯下,拉着长长的影子,踽踽而行,躲到我宿舍的黑暗里去。然而,我是那么渴望灯光的照耀,拉开窗帘,望着街路上如昼的路灯,遥远地听到夜行者嚓嚓的脚步声,那是和我一样的夜行人,或许是一个流浪者。一个肩挑扁担匆匆赶路的年轻人,他扁担两头各挂着一个红色的塑料桶,桶里装满了锅碗瓢盆等一些杂七杂八的生活用品,最奇特的是扁担的一头竟然挂着一盏旧时代用的马蹄灯,玻璃罩撞到扁担上,发出叮叮当当的声响。我诧异着,猜想他一定是一个四海为家的流浪者,在深圳偌大的城市里辗转,在这个即将迎接新春的城市里寻找着栖身之所……

十四年后的今天,我在市民广场看到的这些灯光,弥足珍贵。它让我想起街头上的那个年轻人的马提灯,那最原始的灯光,照耀过初来深圳的人们多少个不眠之夜。渴望灯光的人,和渴望有一处安居之所一样,渴望着自己时刻被灯光照耀,被灯光包围,被灯光包容。现代化的灯光下,那么多的人群,那么多束目光,似乎有着同样的渴望,就是希望这种繁华的灯光有属于自己的一束,哪怕那么一缕的牵系也是备受鼓舞的。这种情景让我浮想联翩——当年的他是否也在人群里,他现在过得还好吗?

人生没有过不去的坎,拨开云雾终见彩虹。这些灯光,似乎正在拨开时代的"云雾",展现出最真实的生动,最壮美的灿烂。我庆幸，我拨开了自己的困惑，拨开了自己的胆怯、畏惧和迷惘，就像小时候克服内心对狼的恐惧一样，生命中的体悟，有因也有果，没有曾经的困惑，也不会珍惜现在的晴明。我庆幸，我见证了自己，也见证了深圳，我的生命奇迹和深圳的生命奇迹竟然如出一辙。

在我无边的遐想中，灯光秀已悄然变化。

明华轮在灯塔下绚丽登场，那乘风破浪的姿态让人欢欣鼓舞。奋蹄的牛，铜铃大眼，犄角生辉，浑身峻嶒的块垒就像即将迸发的子弹。深交所、罗湖口岸，这些改革开放的标志物出现在画面里。

在荒滩上奋起，在绝无仅有的艰苦奋斗中奋起，在赶超世界的誓言中奋起，深圳，一步一步走到今天！

高山巍峨、榕树生根、前海奠基，大鹏展翅。跨越四十年的辉煌铸造，深圳在大鹏的翅翼下如日中天般崛起。

我的心激动着，蓬勃着。

我回想起，2013年的某个清晨，我兴致勃勃地登上莲花山，怀着无比崇敬的心情瞻仰了邓小平的塑像，铜铸的色泽里老人深邃的眼眸，那样自信的笑容，那样风度翩翩的姿态，我仿佛感受到了飒飒的春风拂来。若不是这位老人敢为人先的精神和魄力，怎会有深圳石破天惊的变化。

创客之都，创新之都，光影汇聚的金融中心，飞机、高铁起航，基因工程、无人机和机器人，在画卷中纷繁呈现。

我的心难以抑制的激动和喜悦。

红树林里鸥鹭翻飞，花海和玉蝴蝶互相映衬，年轻人在海岸跑步，孩子们在沙滩上嬉戏。蓝天碧海下，游艇和帆船穿梭而行，浪花阵阵，鼓荡着美好生活。

生活在改变，而生活都是人们自己创造的，生活也在激发着人们内心的丰富体验。

十四年前的那个疲倦迷惘的人，那个苦苦挣扎的人，现在，就站在市民广场中心，内心存在着一种向往、激动和喜悦。这种心态是什么时候改变的呢？我问自己，然后，奇迹般的，我忽然想起来了，仿佛就是在那一刹那想起来的。

那是2012年的冬天，我坐上飞机去青岛参加一个研讨会。夜里十一点钟，飞机起飞，到达高空的时候，我突然听到一声惊呼："好美啊！"

一个女孩，睁着大大的眼睛，望向窗外的城市。我循着她的目光望去，那一刻，我惊呆了。马路上流动的车灯汇成一条条彩灯的河流，仿佛城市的脉管，蓬勃着生动的光亮。那些鳞次栉比的高楼里的灯火交相辉映，灯光交织下的城市幻化出如真似幻的亮白。城市的街道上，道路两旁的树枝上垂挂着流动的灯管，有的如雨瀑循环垂下，有的如豆荚琳琅满目，加上路灯柱子上的中国结，红彤彤的喜庆气氛连绵成线，一片灿烂的中国红……

那时候，我的心中就升腾出一种莫名情感，心里坚定了这样的一种概念：这是我的深圳，她是属于我的。我骄傲，我是深圳人！

深圳，以她海纳百川、兼收并蓄的开放与包容，走在了世界的前列。这座古风犹存的城市，这座焕发出青春活力的城市，正以一种全新的姿态奔跑在社会主义道路上。

我不是土生土长的深圳人，然而"来了就是深圳人"这句简单的话语，成了我为之奋斗的理由。

从小，受大山生活的影响，我特别迷恋灯光，因为只有灯光给我家的温暖和幸福，给我家的关切和召唤。我热爱深圳，深圳让我找到了奋斗的激情和热望，找到了家的归属和安全感。因此，我尤其喜欢深圳的夜晚，她令我陶醉，令我深深地迷恋。她璀璨华丽的灯光，构筑了一个无比温暖的家的磁场，这个磁场吸引着我，温暖着我。我相信，这种磁场的魔力也吸引着全体深圳人，让他们为之努力，为之奋斗，为之抛洒青春和热血。这种磁场汇聚也是奋进深圳、热情深圳的具体诠释，也是幸福深圳、青春深圳最生动的力量。

逛侨香

王工一

女儿下班回家,告诉我一条新消息:"深圳第一条智慧道路——侨香路,刚刚建成,值得一看。"

智慧道路?新名词。听过"阳关大道""康庄大道""金光大道",而智慧大道,一个新面孔,耐人寻味,引人好奇,产生浓郁的兴趣。

昔有拉萨逛新城,今有深圳逛侨香。周末,和女儿骑上单车,沿途潇洒,一路尽兴。

踏上侨香路,不禁眼睛一亮,精神一振:哇!真是旧貌换新颜!

本是一条具有20多年历史的老路,这些年,多次修修补补,路况始终没有大的改观。而眼前的侨香路,整洁、开阔、新颖、美观,交通更加优化,让人耳目一新,似乎心胸也有更加开阔之感。

女儿告诉我:侨香路改造工程2015年立项,不仅要提升道路品质,还要为全市智慧道路建设探路。工程范围西起侨香路北环立交桥,东至梅香路交叉口,全长6.8公里。

"6.8公里?"我说,"完全可以骑到终点。"

自行车道从人行道分离出来，即使横穿马路，也单列专用，设有鲜明的自行车标志。蓝色的自行车道，比以往的自行车道都要宽敞得多，我们两辆车，并行而过。自行车道有时穿过绿化带的树丛，有时绕过绿树旁的花坛。路口节点衔接得平坦顺畅。走在上面，舒畅愉悦。路边一幅广告牌，说出了我们的感受：福田城市绿道，山林野趣，幽径家居，优雅门户，都市风尚。

我们一边驱车前行，一边观察道路的变化。

有些路段为双向5车道，有些路段为双向6车道。到了农林路至香梅路这一段居住区，居民出行需求更大，便把原来的双向6车道，拓宽成双向8车道。有些路段，路中央原来是破旧的防撞墩，现在已经改为3米多宽的中央绿化带。

看得出，道路全是水泥混凝土，路面沥青罩面，全部更新路石，重铺人行道。人行道上的管道和下水井盖，用不锈钢板托起方砖制成，平滑铮亮，太阳照射时，还闪着光呢。路面平平整整，马路牙子干干净净。有三名工人正在用机器带动的电刷子，将石砖上残留的污渍打磨掉。新建人行天桥和风雨连廊。整个道路好像是一个巨大的工艺品，建筑者，做工精细，精心雕琢，使之完美无瑕。

女儿说："侨香路，之所以叫智慧道路，是因为它不仅仅是一条能够通行的道路，它更是一个物联网、大数据、人工智能的智慧载体，管理科学、运行高效。"

听了女儿的介绍，我体会到，这是一条具有人的大脑神经的路。

这里的信号灯，安装了智能交通流量自控系统，包括行人检测器、地面红绿灯和智慧道钉，红绿灯能自动调转，"车多放车，人多放人"。

当走到沃尔玛和智慧广场时，我发现，流量用尽的手机，在这里又有网了。经女儿解释才知道，这条路，在行人密集的区域，都提供了免费的 WiFi 服务，天线就安装在智能路灯上。

我看到，在一些大型的小区出入口、公交站点附近，借助路灯杆，安装了行人信息屏，发布公交车到站信息，施工占道提醒信息等。

在这条路上，电子警察设备，实行智能执法。如：闯红灯、不礼让行人、不按导向箭头行驶、不系安全带、违法掉头等行为，都逃不出电子眼睛。

这条路在很多关键断面上，安装了智慧路贴。直接粘贴在车道分隔线或路肩表面，可以检测交通参数、跟踪车辆轨迹。

边走边看，明显感觉路上的杆、箱少了许多，空间显得更加开阔。女儿说，多杆合一了、多箱合一了，整合以后，交通杆总数减少了三分之一。

一路走来，自行车道平整衔接，一直延续到终点，无须下车。

侨香路这一逛，让我深有感慨。

智慧道路来源于人的智慧，是人的智慧的结晶。智慧道路需要人的创新思维，需要有改革创新、敢为人先的精神。一条智慧道路，折射出一座城市的智慧程度，反映出城市改革创新的力度和水平，同时也是智慧城市的一个组成部分，是智慧城市肌体的一个细胞。

过去人们说：要想富，先修路。逛了侨香路，现在我想说：

经济要想飞驰，提升道路品质。道路是民生的一个基本需求。衣食住行，出行是人们生活的重要方面。道路的品质，决定人们出行的质量，影响城市运转的效率和经济运行的速度。

走在侨香路上，欣赏着这些现代化的智能设施设备，我感叹，这是一条改革创新的道路，是一条智慧多多的道路，是一条造福市民的道路，是一条敢为人先的道路，是一条引人前行的道路。

大湾区建设如火如荼，深圳更需百尺竿头，更进一步，更上一层楼。我们需要更多的智慧之路。

侨香路，你领先了，你一枝独秀。人们有理由相信，后边会有更多来者，也会走上智慧之路、创新之路，如侨香路两侧的大花坛一样，百花齐放，更加辉煌。

登福田莲花山

周林

莲花山的清晨总是最美的，因为能听见动听的鸟叫，呼吸到新鲜的空气，一切都是那么美好，每日之计，在于晨，每个清晨都是大家新的一个开始，大家总会在早晨定下新的目标，为这个目标而努力。清晨的山林，有些淡淡的薄雾尚未散去，远远望去若有若无，若隐若现，像是仙女舞动的轻纱。柔柔的阳光洒在山林间，郁郁葱葱的叶子便有了深深浅浅的绿。开花时节，白的，紫的，粉的，水红的，姿色秀丽绽放，草坪上芳草如茵，各种娇滴滴的花朵，淡紫色的花粉，沐浴着清晨的露珠，沐浴着早晨的阳光，绽开了笑脸。鸟儿们在枝头欢快地鸣叫，路上的行人，在享受无比动听的交响乐。

走进莲花山公园的中国红大门，此门象征着深圳特区是中国改革开放的"窗口"，福田更是特区的前沿，也意味着特区人民的生活红红火火。沿着公园绿道行走，心情格外舒畅，喜欢晨跑的人民，迎着清晨的第一缕轻风，享受着新鲜的空气，在奔跑着，直到汗流浃背湿透衣裳。跑步可以强壮我们的身体，锻炼我们的意志，让我们干事业更有冲劲。

莲花山公园清澈如镜的人工湖，可以垂钓、可以划船，如果你不会钓鱼,就只能"坐观垂钓者,徒有羡鱼情"了。湖旁边有翠绿的柳树,随着阵阵风儿轻轻摆动,就像小姑娘的长辫子一样美。还有一大片绿茸茸,软绵绵像地毯一样的草地——风筝广场,市民在这里放风筝已成为公园的一大人文景观,位于莲花山公园东南角的深圳经济特区纪念园,该纪念园采取的是"园中园"的建设模式,成为莲花山公园内的一个新景点。园中以三面石壁上嵌着的铸铜浮雕的情景图像来展现深圳改革开放重大事件,围着三面石壁的是象征着改革开放30年的30株小叶榕。在纪念园入口处,是胡锦涛同志于2010年9月6日种下的金桂,金桂为木樨科常绿灌木,终年枝叶繁茂,花朵金黄,秀丽而不娇,花香馥郁,幽香而不露。从北面上到莲花山顶,迎面首先看到的是影壁,上面刻着邓小平同志的原话:"深圳的发展和经验证明,我们建立经济特区的政策是正确的。"绕过影壁另一面能看到用隶书写的:"我是中国人民的儿子,我深深地爱着我的祖国和人民。"再上一层台阶一眼就能看到山顶广场中央矗立着邓小平的铜像,主体塑像为邓小平同志身披风衣,器宇轩昂,步伐坚实,大步向前行走形象,硅青铜材质。钢筋混凝土底座以花岗岩石包封。预示着深圳将在邓小平同志的引领下勇往直前,建设美好的明天,寄托了特区大步向前,实践创新的精神和深圳市民对中国改革开放总设计师邓小平同志的敬仰与怀念之情,对研究和总结改革开放的历史具有重要价值和意义。2005年经深圳改革开放十大历史性建筑评选委员会及专家委员会考察评选,该塑像入选"深圳改革开放十大历史性建筑"。铜像下面刻有江泽民同志为铜像的题字——邓小平同志,铜像正对面是市民中心。从山顶望去，只见市民中心像一只展翅的雄鹰，寓意着深圳在全国乃至全世界的腾飞，在黑夜之中，它的翅膀镀了金光，昭告着深圳无与伦比的地位。在山顶上看深圳夜景总是好看的，每当天黑的时候，整座城市亮起了万家灯火，就像天上亮晶晶的星星，夜晚可以欣赏到变幻多端、绚烂多姿、流星溢彩的灯光秀。

　　站在山顶，尽情地饱览着眼前的美景，心中充满了成就感！莲花山，你那新鲜的空气，迷人的景色，真是让人流连忘返！

春风吹过莲花山

邱华乐

阳春三月，和风送暖，地处鹏城市中心区的莲花山，旧绿未褪，新芽又生，南来北去的太平洋季风一次次从这里登临，又吹向远方，这便应该是吹向内陆地域的春风吧。

繁花香不尽，春风吹又生。春意盎然，兴致盎然，怎少得踏青去？春光中的室外，春光中的莲花山，处处带着绿意，处处充满生机。

沿市民中心中轴线而去，风筝广场的入口处，那几株挺拔的小叶榕树依然苍翠欲滴。或许，这里的黄土太过生硬，榕树的根只能依附在地表蜿蜒起伏的生长，但这并不影响它们的茁壮，它们依旧枝繁叶茂，那凸显于地面相互交织的树根像一张张大网覆盖着大地，抓紧着大地，从大地中获取着养分。这彰显着榕树不同凡响的生命力。

阳光不烈，风筝广场上，三个戴着长耳遮阳帽的老者坐在自己带来的小凳上，正远望着上空，放逐着他们的风筝。听他们的言语交流，他们是三个拓荒深圳的老建设工程兵，正回忆着往昔的艰苦岁月，感叹着现实生活的美好。沧桑岁月有情，是他们当年为深圳的开发建设注入了原始的动力，他们是深圳的有功之臣，历史和现实都记住了他们，他们现在正构造着一幅夕阳红的美景。

莲花湖边的广场上，身着"公益宝贝"背心的年轻妹妹们，身姿婀娜，体态柔美，正在乐声的感召下，跳起轻快热辣的健身舞。此时，她们身上的每一个细胞都一定跳动起来，兴奋起来，享受着运动带来的快感。"宝贝"们活力四射，魅不可挡，正吸引着许多游人驻足观望。或许，她们正展示着深圳的一张名片，倘不如此，深圳又怎么称得上年轻人之城、活力之城、魅力之城？

莲花湖鲤鱼池的一角，正有游人在向鱼儿们投撒饵料，池子中，肥大的鲤鱼、鲫鱼和塘虱早已列开阵势，鱼挤着鱼，鱼叠着鱼，张大着嘴巴，向空中落下的食物涌去。我忽然在想，在深圳这竞争激烈的社会里，怎还会有这些食嗟来之食者？可是，当我回过神来，却觉得自己甚是可笑，它们与我们不同类别，贪博游人的眼球与欣赏，便是它们处在这个池子里的天然本分。

通向莲花山顶的道路边，四季桂正开着芬芳的小花，簕杜鹃和夹竹桃也毫不逊色，尽把花容在风中摇曳，连木棉花也赶上时节，先开一通肥厚而浓郁的红花，再抽发枝叶。道路上，游人们来来往往，有的是附近的居民，有的是远来的客人，尤其是那些远来的客人，一定会登上山顶，去瞻仰邓小平同志的塑像。邓小平同志的塑像前，总会聚集着一群群人，随着摄影师们的指令，喊出了多少句"茄子"的话语，喊出了多少张幸福的笑脸，留下了多少幕美好的瞬间。

站在莲花山顶向四周远眺，市中心区的 CBD 高楼鳞次栉比，像堆积木一样矗立在鹏城的大地上。还有那些高楼如雨后的春笋在冒出地面，向上拔高。深南大道，红荔路，北环大道上，车来车往，呼声不断，城市流动的人口就是流动的血脉，在维系着城市的秩序、繁荣和成长。

春风吹过莲花山。四十年了，改革开放四十年了，深圳建市四十年了，四十年一个轮回，这又是一个新的起点。我放眼远望，粤港澳大湾区各处正异常繁忙，协同发展的巨舰正要扬帆起航。"一带一路"的那两条古道上，到处充满新气象，改革开放之路还要持续深化、向前。

春风吹过莲花山，万象更新好气象，人民勤劳，国家富强，走在实现中国梦的康庄大道上。

圣山莲花山

陈浩

每当海内外的文朋亲友来深圳旅游参观,我都爱带领他们登上圣山莲花山,瞻仰邓小平远眺大鹏城,展望珠三角。莲花山位于深圳首善之区,湖山拥福,万象生辉的福田中心区北端,有七个翠绿的山头蜿蜒相拥,形状如蓝天下盛开的巨大莲花瓣,故名莲花山。全园面积180平方公里,于1997年香港回归之年建成,开园后即成深圳最繁华的市政公园。

莲花山公园就像大鹏城CBD的巨大绿肺,目前公园里种植有珍贵植物1000多种,有木棉树、荔枝树、簕杜鹃、白玉兰等灌木花卉等80余种,四季如春,百花竞艳,五彩缤纷的自然景观格外迷人。莲花山公园之所以成为深圳的坐标,新八景之首,使它扬名海内外的名山胜景,主要是因为其高达380米的主峰之上,山顶中央广场,高耸着中国改革开放总设计师邓小平的青铜巨像。2000年落成时,时任国家主席江泽民亲临剪彩。邓小平像位于城市中心区中轴线顶端,地势高远,在蓝天白云下邓小平身着风衣,面部朝南,迎着春风健步走来。圆了伟人生前一直想香港回归后去走走看看……

这尊铜像是由滕文金、白澜生等四位雕塑家集体创造,塑像高达6米重6吨,基座3.68米,上面镌刻着邓小平的原话:"深圳的发展和经验证明,我们建立经济特区的政策是正确的。""我是中国人民的儿子,我深深地爱着我的祖国和人民。"

雕塑是凝固的史诗,铜像是历史的记忆,建筑是城市的标志。

党和国家领导人江泽民、胡锦涛、习近平都曾登上莲花山瞻仰伟人献花致敬,种树纪念。在万木争荣的青松翠柏,千红万紫的中心公园中,早已成为深圳的党史教育基地。每逢清明节假日,都有人自发徒步登上山顶广场,来到邓小平像前献花致敬,寄托哀思,缅怀他革故鼎新、富国利民的历史丰功伟绩。

每天在《春天的故事》的音乐声中,成千上万的市民迎风踏青,畅游莲花山锻炼,有的翩翩起舞,有的打太极拳,有的读书看报,有的高放风筝,有的摄影留念……也有青年人来中心广场举行婚礼献花,感谢总设计师带给人们的幸福生活。

坐落在莲花山下的市民中心,伸展开了东西巨翼,似大鹏展翅福荫着大地,又似鲲鹏展翅欲飞蓝天,腾空九霄。我想起了古代圣哲庄子的《逍遥游》:"北冥有鱼,其名为鲲。鲲之大,不知其几千里也。化而为鸟,其名为鹏。鹏之背,不知其几千里也。怒而飞,其翼若垂天之云。是鸟也,海运则将徙于南冥。南冥者,天池也。《齐谐》者,志怪者也。《谐》之言曰:'鹏之徙于南冥也,水击三千里,抟扶摇而上者九万里……'"

莲花山下西侧引人入胜景的莲花湖中,碧澄清新的荷塘里,一团团翠绿莲叶上,似珍珠晶莹的露水,旋转起了玉洁冰清的荷韵。亭亭玉立的荷花,濯清涟而不妖,出淤泥而不染,迎风雨而不折,有含苞欲放的花朵,有绽蕾吐艳的花朵,有高洁如玉的花朵，清香四溢，沁人心脾，亮人耳目。清风吹来幽幽的清香，缕缕清香四溢，迷住了赏花的公务员，观花的游人，吟起了莲荷诗："冰肌玉骨不染尘，自甘清廉乐真淳；枝枝香透岭南雨，预报特区又一村。"爱荷如同善人交，以诗会友格调高；莲塘月色入史诗，君子之风伴风骚。

花香入风衣，莲叶如泉飞；佳人何时至，月月荷风惠。

雨后青峰碧，莲花照眼新；清静山野来，折取一枝春。

我家洗砚莲塘边，朵朵花开淡墨痕，不要人夸颜色好，只留清气满乾坤。

龙年春月，我带领在美国留学的博士外孙登上莲花山，远眺深港风光，展望大鹏城四方的地理经济发展形态。

远望东方——国家森林公园梧桐山旭日照耀大鹏城，深圳河碧波荡漾，罗湖桥上人流穿梭涌来参观深圳新八景：锦绣中华、世界之窗、大鹏古城……

远望北面——广深线上"和谐号"快车如巨龙奔腾而来，呼啸着："时间就是金钱，效率就是生命。"龙岗崛起华为、中兴电子工业区，新研发的产品已走进了世界市场。

展望西部——宝安区百家兴起，千家竞争，三资企业万家兴旺，在公明白石龙坑东纵大营救纪念馆，早已是抗日胜利七十周年的爱国主义的教育基地。西乡、沙井、福永、新塘创造了都市打工文学的新奇迹……

远眺南部——深大、科大、北大、高职院等教育科技城在南山星罗棋布，是培养新科技的人才摇篮。滔滔流淌的深圳河碧波荡漾，潮平两岸阔，风正一帆悬。福田千顷红树林，紧连着香港米埔自然保护区,群鸟竞舞,蓝天、白云、碧海、彩虹……

"三化一平台"的前海是新世纪特区中的特区,在创新驱动下三年招商引资上千家500多亿元,前海千帆竞发,乘风破浪,按照习近平总书记视察的指示,风生水起建设起海上新丝绸之路通向万国市场……

我们展望特区四周,外孙心潮激动,生机勃发地讲:"深圳真像大鹏展翅,日新月异,40年春华秋实,40年沧桑巨变,赶上了西方国家三四百年的城市发展。我留学回来后也要到深圳来奉献青春才华,投资创业,发展人生的事业。大舅,你是作家,为我写一首诗鼓励留念吧。"我们坐在青松下,写了两首诗:

莲花山放歌

天下有许多大山峰

唯有你呀气冲霄汉傲苍穹

踏着春天故事的优美旋律

总设计师走来气势壮雄

天下有许多美山峰

唯有你呀万木争荣彩云中

天人合一的花园城呀

荔枝园中妃子笑彩虹

天下有许多奇山峰

唯有你呀耸立在历史中

春华秋实的观礼台

大鹏城崛起在水晶宫
天下有许多奇山峰
唯有你是金龙头玉凤
百业兴旺的首善之区
广种福田复兴中华双百梦

梦想家园

登上莲花山顶
拥抱彩霞云海
首善之区福田
跳荡着时代精彩
创新驱动排头兵
起舞三化一平台
国际化的福田
华强路连着华尔街
市场化的福田
万家竞争科技大海
法治化的福田
净畅宁中多关怀
福地生辉的福田
水围八景春潮澎湃
人文的福田
书声琅琅高阳台

湖山拥福，田地生辉

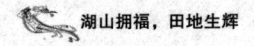

美丽的福田呀

幸福的家园

梦圆新世纪的未来

二十年后,再看福田

胡 瑛

从学校退休后,我身背挎包,游览过很多地方,唯独在福田,我邂逅了一种令自己为之心动的美。这种美,令我神往,让我感动。

说起来,二十年前我也曾去过福田,那次出差,是带学生们实习。说实话,那时的福田,并没有给我留下什么好印象。那时的福田,天是灰蒙蒙的,工厂的大烟囱冒着黑烟,街道狭窄而逼仄,匆匆而过的车辆行人,面目冷漠而呆板,留下一道黑烟,或一地的冰冷,街道上散落着垃圾,也不见有人清理。公交车上的售票员,无聊地望着车窗外,眼睛空洞失神;商场里的售货员,不停地拿算盘敲击着柜台,一副爱搭不理的样子,餐馆里的服务员,上菜时把碗盘哐地摔在桌子上,然后头也不回地扭头而去。

那时福田的经济,也像它的城市面貌一样不景气,不仅是福田,当时全国许多地方都是这样,我所在的学校,也面临着招生的窘境。印象中那次福田之行,去也压抑,回也压抑,一路上心情都不甚愉快。

二十年一转眼过去了,现在的福田怎么样了,它还像过去那样灰暗吗？还是已经旧貌换新颜？带着种种疑问，带着种种希冀，去年退休后，我把出行的第一站，就定在了福田。

当我走出客车，展现在我眼前的福田，不由得令我大吃一惊！二十年过去了，昔日印象里灰蒙蒙、脏兮兮的福田，现在已经变得整洁、清爽、生态、自然。广场上，宽广平整，纤尘不染，抬眼望去，地上不见一片纸屑。跳广场舞的大妈们，喇叭的音量都开得很低，看着她们健美的舞步，舒展的笑容，幸福的神情，我不禁也走上前去与她们健舞同乐。一曲舞毕，见自己的阵营里多出了新人，一群年轻漂亮的大妈热情地围了上来。你一言我一语，很快就跟我打成一片，我告诉她们："我是退休老师，从山西来的。"大妈们一见如故，纷纷向我展示热情，这个说："你们那的煤炭好啊，老陈醋也很有名。"一个道："欢迎你来福田，这几天如果有时间，就跟我们一块儿玩吧！"好客热情的福田人，让我有些激动，又有些不知所措，紧握着那一双双温暖的手，祖国大家庭的温暖和福田人的善良，令我喜不自胜、感动万分。

出了广场，来到公园，远望假山碧湖、清波荡漾、青松翠柏、绿树成荫，湖里锦鳞游泳，湖岸处处桃李芳菲，好一派自然生态景象，好一个令人心旷神怡之所在。拆除了围墙、向市民免费开放的公园，更已经成为福田市民休闲、放松的胜地，适逢周末，公园里既有散步遛弯的老年人，也有带着孩子一起玩耍的年轻父母。看着他们那一脸幸福、恬淡、轻松的神情，我不禁感慨："福田真是一处人间仙境，一个生活、奋斗、养生的好地方！"

不知不觉，时间已到饭点，我乘坐公交来到福田最热闹的商业街上，寻一家饭店进屋坐下，年轻的服务员彬彬有礼地把开水和菜单双手递上，请我点菜。享受一顿福田特色美食，酒足饭饱之后，我向服务员提出自己下午还要游览，能否给我的水壶灌壶开水。服务员二话没说，便将水壶拎去，一会儿出来时，壶里已灌满热气腾腾的开水。此事虽小，但足以折射出福田人的热情好客，以及对老年人的关爱。我高兴地不禁连声道谢，服务员一句："不客气，阿姨，欢迎您再来。"在福田的日子里，我感到福田年轻人的素质真的很高，敬老爱老，也已经在此地蔚然成风了。

在福田游览的日子里，我看到的是一个和美、幸福、繁荣的福田。这里不仅风光好、生态佳，处处有绿色，处处有风景，而且这里的人无论男女老少，都很善良。从福田人的一言一行、一举一动中，都可以看出他们对生活的满足和热爱，简而言之，就是福田人的幸福指数很高。而这一点尤为难能可贵，因为它在其他很多城市里都属"奢侈品"。在我与福田人交流的过程中，他们也告诉我，近些年来，尤其是党的十八大以来，同全国其他地方一样，福田的政风、民风、社风都更好了。现在福田天蓝了，水净了，人美了，面貌新了，相信假以时日，再过若干年，那时的福田一定会带给世人更多的惊喜！

父子二人的福田梦

雷叶武

1991年，我父亲南下，为了生计。

彼时，家里实在太穷，而十多岁的我又要读书，生活的开销让家里一度揭不开锅，父亲只得随南下的大流，去深圳打工。

父亲打工的路上满是憧憬，去了才知荆棘丛生。当时他跟随另一个亲戚到了深圳，小地名叫下沙，本意是要进工地干活的，可工地工人已经满员了，亲戚没办法，只好让父亲自行解决生计。在彼时的深圳，找份工作哪怕是最卑微的小工，也是不易的。

找不到活干，可人要吃饭。无奈的父亲便做起了最臭、最脏、最不招人待见的掏粪工。这一干就是二十年。二十年岁月，他都献给了福田这片土地。

每一天，天刚蒙蒙亮，父亲就起身，推着他的那两轮粪车，出现在下沙的街道边。20世纪90年代的下沙，街上脏乱，人流也乱窜，到处有果皮纸屑，公共厕所也是缺少有效的清扫打理，父亲与其他的同行，一点一滴收拾起卫生来。

那年夏天一个狂风暴雨的夜晚，地处低洼地段的下沙某院，因树叶阻塞，导致整个生活区排水不畅，雨水倒灌化粪池，污水从老人们房间的厕所里涌出。父亲不顾风雨，以最快的速度赶到那个院落。情急之下，也不顾雷电交加，暴雨倾盆，立马帮助他们疏通处理。风停雨住后，才发现当时他的身上被污水和汗水打湿了，整个人像是从粪池里走出来一样。

即便这样，干完活后，父亲也有难得的轻松和知足。他说，没什么别的本事，但只要可以用自己的体力为这个片区做些清洁工作，再苦再脏再累再臭，也是值得的。

小推车在那个年代，被父亲洗得锃亮，两个把手都磨出了光晕。岁月见证了他老人家的点滴行动，时光也让他的两鬓变白。两只常年搞卫生的手，起满了老茧。

父亲一生没有什么追求，始终坚持本分，做简单的粪池清洁工。他把最臭的事做得干净，把最脏的活做得尽心，为城市留下了清新的风，舒适的生存空间，在他自己看来，也是光荣的。

转眼就过去了十数年，父亲从一个掏粪工变成了一个老掏粪工。看到了这些年的福田的巨大变化，城市林立的高楼，街面干净的环境，公共卫生的清洁，他由衷地感到高兴……

2012年，我初中毕业，来到父亲所在的福田下沙。

与父亲一样，我也是个没有什么技术的人，进厂也只能做普工。做普工在我又难以接受别人的管制，受不了那份不自由。

思来想去，就先听从父亲的安排，跟着他做掏粪工吧！最初，我被那种恶心的感觉给呛得难以靠近，心想这么年轻的小伙子，就干这么脏的活儿，心里真不是滋味。

父亲慢慢开导：工作无贵贱，都是为了生活啊！逐渐的，我也跟着父亲做起了事情来，也开始适应了那种呛鼻的气味和脏乱。

此时，父亲也从用推车到使用上了四轮货车，鸟枪换了炮。我帮着他搭把手，也帮着开开车。跟着父亲穿梭在福田的街头巷尾，为这个城市做着微不足道的贡献。

现在，我已经成为一名熟练的掏粪工，比父亲的力气大，比父亲灵活，比父亲做得多。父亲说我吃苦时的样子，像他年轻时。我说，或许就因为是父子吧！

掏粪工虽然累，但挣得并不少，一个月下来，差不多好几千块，运气好的时候有一万块。我与父亲一样，也变得积极起来，并且知足生活的心酸和不易。

我们每天是看着这个城市在一点一滴地变化着，她变得更美，更清，更高大，一如这改革开放的社会形势，让我们底层的工人，也有了应有的尊严。在我们看来，福田的今天，就是我们的明天。闲暇时，我也看看书，写点文章，投给《福田文艺》，我还参加区作协举办的一些活动。我认为，掏粪工的生活也是有盼头的。

如今，我也结婚生子了，我希望我的孩子们长大了，都能享受这个城市的一切福利，成为与这个城市休戚与共的人。

让人高兴的是，福田区政府本着以人为本的理念，把所有外来工，包括我们掏粪工人，列入福田人之列，与其他人一视同仁，给了我们许多实惠。我们掏粪工人的孩子跟其他人的孩子一样可以入读公立学校，同样享受免费义务教育。

时间过得真快，转眼又过去了十数年。两代人的辛劳，两代人的付出，两代人的梦想，在福田这里逐渐生根发芽，变成了可以触摸的幸福。

我们希望，福田这座城，将会变得更加美丽；我们希望，我们生活和工作，变得更加受人尊重和理解，更希望福田的明天会更好……

精神城市

梁罡烙

有人问起我是怎么来深圳的,我总有些不好意思去再次描述那个在深夜里,背着一大包蛇皮袋行李的瘦小个子带着彷徨与憧憬闯进城中村的故事。在深圳,我是一名写作者。假设我当初未曾选择在这里坚持下去,或许今天,这座城市也仅仅少了渺小的一名草根作者罢了。

2019 年,"来了就是深圳人"的口号逐渐淡了,离深返乡或是留深发展逐渐成为身边人的热门话题。身边仍旧有不少人,日夜加着班,只为在可预期的未来,在此寻得一长久的立身之地。也有人,像是朝南归的迁徙鸟儿,匆匆忙忙在此地稍作停息,便扑腾着翅膀朝着别处的城市飞去。前些日子偶然翻到一名深圳知名作家在公众号写下的《逃离深圳》,倒是引起了文学群里不少热议。从一个人离开家乡到深圳打工,个中经历种种悲欢得失,从这里辛苦劳碌多年到最后却面临着留不下的城市,回不去的故乡抉择。这也确实是很多来深建设者将会面临的情况。这些年,深圳被划入为粤港澳大湾区之前,不少低产能落后产业都陆续迁走了。大部分产业都在升级。淘汰一批落后产业,也意味着一批从事低技能工种的人也将会慢慢地离开这个城市。

新的血液流了进来，为城市的转型贡献着活力，城市要发展向前，人不进则退，这是一个时代洪流里不可抗拒的规律。回望在深十多年，我从一名冲压部满身油污的操作员历经艰难地走到办公室，一路来，身边的异地朋友确实少了。就连过去不少身边的同事，也随着部分工业的北迁而借机调回了离家近的城市。现在人所追求的工作状态，无非都是想钱多事少离家近嘛。可我是广东人，退而求其次，离开深圳，还有广州、东莞和中山。论工作环境和个人发展，这都是一个不错的去处，可是每次一动了离开的念头，牵绊的事一件又一件不停地在脑袋里转了好几遍。有时候自己也在问自己，你不就是深圳的一个刚脱离流水线的普通新晋小白领，钱也刚好达到一人吃饱全家不饿的温饱线。两年的工资还买不起深圳的一个厕所，走了就走了，多年后谁会记住你是谁？或许再往后几年，年龄到了却还买不起房，拿不到深圳的入场券。最后还不是要走着父辈的老路退回农村里，举起锄头和喷雾器工具去"光复"祖业。可转念一想，或许当初一走，去了广州或东莞，尽管工资和职业道路确实会有所不同，但我却永远要和机器打交道，和梦想的职位无缘了。回想5年前，我还是一个工厂流水线的普工，每天都在与工位、机器、叉车打着交道。闲暇时在与身边工友把肚子里仅有的话题都翻了好几遍，遇到吃亏无人诉说时只能拿着手机记事本戳几个文字，自己感动下自己，自娱自乐。人生往前看，大概和很多普通人一样，一辈子也就那么过了。却未曾想过在某一天机缘巧合，参加了一次深圳社区举办的征文比赛，意外获了个奖。从此开启了多年未曾重拾的写作之路，还有机会以学生身份免费参加各种社区以及官方组织举办的文学培训讲座。从来深建设者多了一层在深写作者的光环，还以此为契机得以在单位谋取了梦寐以求的文职。离开深圳这片孕育着文学种子环境土壤后，我是否还会坚持提升自己的写作水平？常驻在这个城市十多年了，只感慨乡音也逐渐被淡化。每当打电话回家，一口越发纯正无"广普"味的普通话与家乡客家话就在此时完成一系列娴熟的切换。以至于我常常会遗忘掉自己的身份，忘了我只是一个常驻在此地的一名工作者。我突然想起了某位作家在一本记录深圳市井文化的著作里写下的那句话："我在改变深圳的同时，深圳也改变了我。"

第二天起床准备上班，总发现窗外的鸟儿叫得格外欢，仿佛也在赞同我做出留在深圳的决定。一个常驻多年的城市，一个与时俱进的城市，注定是有人留下有人离开的。当年我背着一行李袋的梦想而来，哪天我走了，我还会是当初那个两手空荡荡来深的青年吗？一个成长的城市或许它能做的，是多提供一些平台和机会让更多人得到学习和成长。往后几年，或许我的归属地最终不是深圳，但我目前所拥有的，文学与新生的文字梦想，却是这个城市给予我的。哪怕我哪天不在这里了，提起笔，还是会记起，我的文学梦，是在那个人口稠密的城中村与社区各类公共文化培训课之间培养出来的。我不过是这块沃土里幸运地获得阳光与雨露发芽的种子而已，但喜欢这里的文学氛围。作为一个文学新人，一个没有太多门槛便可接触到的学习平台和展示平台，这是多么的重要。一个城市对文化的重视，这也将会影响到一个城市的底蕴。

深圳的公共培训文学类课程很多，征文活动也有不少。比较知名的公共培训课程有宝安的文化茶座，后改名为湾区名家讲座。每逢周末便会邀请名家作为嘉宾进行分享，门槛低，只要有爱好，无须凭票便可入场听课。后来地址从深圳宝安区群众文化艺术馆搬至宝安区图书馆。征文类最为知名的，莫过于每年一度被誉为"深圳诺贝尔文学奖"的睦邻文学奖。这里曾经诞生过不少像段作文、笑笑书生、刘郎等本土作家。我常常在睦邻社区看很多深圳人写的文章，也期待着有朝一日，能像里面不少幸运的作者一样,默默无闻地写点东西,在论坛里发布，直到文章被某杂志选用，或是被名家垂青点评，还是有机会签约为影视作品。至于我的文学成长路，很大一部分和宝安文化茶座有关。那时候由于刚刚从事单位的新闻通讯类写作，苦于没经验，写的稿子常常被编辑退回要求反复修改。恰逢集团媒体邀请外部媒体主编进行业务培训交流，趁着培训的机会，认识了《宝安日报》的编辑，并受他推荐文化茶座的信息。每逢文学类公开课便必定提前远程转车而来，一年下来，写作底子才慢慢地得到提升。直到最近几年，不少社区和行政区都开始引入文学名家走进社区分享，其次因为工作较忙的原因，宝安区文化茶座倒是去得少了。对比起其他城市，深圳的文学气息确实很浓。只要进入深圳写作圈，稍微留意，每个周末总能在不少社区找到相关文学讲座或分享会的信息。讲诗歌的、散文的，也有赏析与朗诵诗歌类的分享会。毫不夸张说，参加完深圳各个区的文学类分享讲座，基本大半个深圳的作家也就认识完了。然而近些年，各个社区里征文活动也很多，几乎每个月都会有活动从文友的朋友圈或是微信群里分享出来。不少隐藏在工厂里的草根作者，也是通过各种活动被发掘出来的。每逢文学颁奖季，站在领奖台上总会看见不少新面孔。他们不少人目前还在流水线或生产一线挥着汗，或是背负着一个家庭的支撑，只有下班闲暇时间，才能伏案写上几笔。未曾想过突然哪一天，能有机会有渠道让世人通过作品认识自己。有些人甚至通过文学，在这个城市里改变了人生前行的轨迹。或许他们未曾因此而改变职业和命运，或许沉浸在这颁奖的喜悦后，明日又要回到生产一线，但这里让他们的思想得以表达传播，这确实是一件值得庆幸而肯定的事情。千里马常有，伯乐却何其少也。没有平台，再多的草根人才，恐怕也埋没在机械与繁杂的车间里了。每当我清晨匆匆忙忙地赶着上班，有机会与众多白领齐坐在办公室内工作。没有夜班，也不再担忧自己哪天会再次回到那个环境恶劣且有工伤隐患的岗位。闲暇时，我总会回顾过去。和很多当下小有名气但还依旧在生产一线劳作的文友相比，我或许只是一个幸运儿。在今后，在这里，作为一名作者，我又该如何握起手中的笔，在这个城市，去留下一些属于自己的东西。

但愿，这个属于我的精神城市，在不久的将来，也是你们的精神城市。

深南大道走几遭

东居

我是一个草根族的打工仔，佛山、东莞、深圳、惠州，十几载从地图的一个圆点到另一个圆点，从一个城市的边缘到另一个城市的边缘，从一个热血青年到沧桑中年。但岁月不老，工友阿峰的故事却让我深铭于心。

中国有深圳，深圳有深南大道。这个鹏城的标志物，很早就让我心驰神往，没有想到以后发生一个故事却与它息息相关。

那一年，我在宝安区龙华镇的大浪打工。那时刚从家乡农村出来，被一个未曾谋面的文友一纸书信召唤到了深圳。书信里那位文友特意说到深南大道是多么宽阔，两边的建筑是多么宏伟，车辆川流不息，这个新兴的"小渔村"是多么的繁华等等。于是，我便毫不犹豫地到了深圳。可到了那个文友处却因为我的证件不能办理"边防证"而不能入关。也只有退而求其次，在关外龙华的一个街道找个小厂先求生存，所幸是遇到一帮好工友互帮互助，让我不再孤单寂寞。

我有个室友阿峰是个阳光的男孩，不管工作多累多苦，哪怕是连班作业十六七个小时依然是精力充沛，像个小百灵说笑个不停。有天，他突然煞有介事给我说：哥，我想到深南大道逛逛。我很是诧异,逛个深南大道也这么郑重其事。阿峰说,哥,这事我想了很久,可办不到证再加上天天上班也没有时间,去不了呀。可最疼爱我的八十多岁的婆婆,经常向亲戚朋友夸我有出息,在外面混得好。每年春节都要拉着我的手问我深圳的事。我就答应她老人家说一定到深南大道看看,给她讲讲大深圳,老人家听后非常高兴,笑得脸上的皱纹都抚平了。今年她身体很不好,已卧床不起了。我一定要尽快到深南大道把那里的情景在电话中亲口说给婆婆听,尽量不留遗憾。

  因为工厂是走外单交期非常重要,丝印师傅就阿峰一人,一个月又一个月过去了阿峰都不好意思请假。终于,阿峰的老爸来电话说,婆婆想他了,想给他说说话。阿峰没接完电话就已泪流满面。他刚甩下电话,马上找到老板边哭边诉说着一切。老板听完拍拍阿峰的肩,连忙愧疚地检讨自己关心员工不够。老板马上带上阿峰帮他办理了边防证,又送了300元钱说是让阿峰给婆婆买些礼品,阿峰对老板千恩万谢。

  这一天,阿峰在深南大道上从路的这头走到路的那头,又从路那头折回路的这头,电话里眉飞色舞向婆婆描述着深南大道的无尽繁华。他仿佛看到了婆婆的脸上绽开了金菊花。开始婆婆还在用微弱的声音回应着他,后来没有了声息。他爸说,婆婆走了,走得非常安详,非常满足。带着对孙子的无限骄傲,带着对深圳的无限向住,到了另一个世界。

  阿峰的故事就这样从一个人的耳中到了另外一个人的耳中,不停地传播着……

暖流

袁斗成

那是福田的一个工业区，晨曦初升，已经格外繁忙。上了个通宵的夜班，陈平康穿着工衣走出公司大门，上眼皮和下眼皮一直在打架，恨不得在草坪上和衣而睡。这时，老婆邓蕊的电话打来了："还缺钱，怎么办？"

"那就凉拌。"陈平康开着玩笑说。只听邓蕊抽泣起来："我可没心情陪你贫嘴，晓得不，昨晚爸爸一夜喊疼，等会儿送他到医院检查，要花多少钱没法子估计？"陈平康心里一沉，父子俩的情感向来深厚，他多想长了翅膀马上飞回老家："一定要快，有病就得医！"然后陈平康安慰邓蕊，莫急，他会想办法筹点钱渡过难关。挂断电话，陈平康感到左右为难，因为公司那批产品正在赶货，节骨眼儿上，作为技工的他实在脱不开身。怎么办，向来稳重的陈平康不由得着急起来。

当年，从部队退伍后来到深圳特区谋生，进入了福田一家工厂。因为不喜欢集体宿舍的嘈杂，陈平康在附近村子租了间民房。哪知突发意外把带来的盘缠花光了，而工资还有段时间才发放，陈平康只得找房东大姐希望宽限几天，可心中一点儿底没有。大姐在打扫清洁，没等陈平康开口，她用纯正的普通话关切地问:"工作怎样了?"陈平康叹息了一声,诉说工资未发的无奈。大姐显然听懂了,主动提出借点生活费给陈平康救急。虽然不过是两百块钱,但一股暖流在陈平康心里流过。此前,陈平康没少听人讲本地人是如何的小气,原来那是非常片面的一种评判。

半个月后,陈平康拿到了工资交房租,半开玩笑半认真地说:"大姐,不怕我一走了之啊。"她呵呵笑了:"一眼就能看出,你不是那样的人。"也许是那份雪中送炭让陈平康留在了福田。工作之余,对传统文化很感兴趣的陈平康,行走在古色古香的村庄,追寻内心的安宁。阴差阳错认识了邓蕊,那是如假包换的老乡,经常得到邓蕊的帮助,陈平康有太多感激的话语说不出口。

或许,漂泊的爱情就是相互取暖,爱情悄悄在两个年轻人心里萌芽、发育、成熟。那是穷来的爱情,两人结伴返乡领了结婚证,婚礼非常寒酸,新房更是残破不堪。新婚的夜晚送走客人,他俩激动地搂抱在一起。半夜,几声闷雷响过,噼噼啪啪的雨滴打在房顶上,邓蕊感觉到胸前湿了一片,凉凉的。原来破旧的房子在漏雨,邓蕊的兴致一下子全部消失了,陈平康赶紧找了两个脸盆接水,一脸内疚地说:"委屈你了。"

从那以后,盖一栋新房成了陈平康的光辉梦想,那样的急切。

光阴似箭,陈平康从当年跟在师傅屁股后面跑的学徒工,成为公司独当一面的技术骨干,住进了公租房,女儿也在身边,三口之家弥漫了缕缕温馨。虽然早把公司当成了家,陈平康心里明白叶落归根将是自己的不二选择,何况越发年迈的双亲需要照顾。终于攒够钱了,陈平康由于是公司某项技术改造的领头人无法离开，只能由邓蕊回老家挑大梁。

回家是趟漫长的旅行，当邓蕊风尘仆仆站在摇摇欲坠的祖屋面前，觉得两公婆的决定是多么正确。自家几间土坯瓦房在村子一排排的楼房中显得极不协调，万一砸到年迈的公公婆婆，邓蕊不敢往下想了。

刚和老婆通了电话，陈平康思绪如一团乱麻怎么也理不清，家里需要钱，可向别人开口借，是件为难的事情。这时，有个陌生的号码打来，怕是诈骗电话，陈平康起初没接，但很快收到一条短信：我是××公司的刘总，我在百越咖啡厅等你。

这个信息让陈平康五味杂陈，像他这样的工匠吃香了，外地有家企业盯上了他。陈平康是在技能大赛认识刘总的，他清晰地表达了自己的意见，是公司培养了自己，绝不离开，可刘总并不放弃。去吧，陈平康自言自语，这次，一定要让刘总断了撬他的念头。

刘总说是来叙旧的，却开车把陈平康拉到了不知有多远，看样子，那是一个刚竣工不久的小区。陈平康一头雾水，刘总把他领进了一套三居室，前前后后看了个遍，然后盯着陈平康问："这房子还不错吧？"陈平康点了点头，刘总心直口快地说："只要你到我的公司来，签订五年的劳动合同，房子的产权就是你的了。"

什么，陈平康的嘴巴张得能放下个鸡蛋。刘总又开出了优厚条件，来他那儿干吧，基础月薪一万加年底分红。这样的待遇实在优厚，可陈平康瓮声瓮气地说："你还是另请高明。"

刘总大吃一惊，他打听过了，陈平康的工资满打满算才八千多,他提供的待遇和房产居然挖脚失败,搞不清楚问题出在哪儿。刘总把头摇得像拨浪鼓:"奇了怪了,这年头居然还有人跟钱较劲!"

陈平康站起身来,走到门口又回过头镇静地说:"刘总也不喜欢朝三暮四的人吧?"丢下一脸疑惑的刘总,走到街头,陈平康开始打电话:"舅舅,老家修房差点钱,你得支持一下。是吗,您马上送去,那我先谢谢了……"

这时,公司经理打来了电话:"老陈,你在哪儿,立即回来一趟,我有事找你。"陈平康一溜小跑来到经理办公室,经理抬起头来,"埋怨"道:"你呀,家里出了事也不吭一声?"正当陈平康要解释,经理直截了当地说:"你是公司骨干不假,公司也需要你,但家里更需要你。我的意见是,公司有互助金,先给你一笔解决燃眉之急,而我以个人名义捐款两万,不能让干事的人过不上好日子……"

陈平康感觉到眼角一热,只听经理又说:"马上由司机送你去机场,机票已经买好。至于你要休假多久都行,但必须要把家里的事解决了。"真是有情有义的公司,陈平康说着感谢的话语,却被经理将了一军:"谢啥,这是公司的规定,你不愿我是个冷血的老板吧。人心都是肉长的,如果职工遇到困难,公司却不能提供帮助,拿什么留人留心?我们只想证明,什么叫真正的企业文化。"

几天后陈平康提前返回,工业区召开"最美工匠"表彰会,陈平康作为工匠代表发言,似乎有些怯怯地说:"工匠精神绝对不是掌握了顶呱呱的技术,更不是骄傲自满、漫天要价的本钱……"当然,陈平康没说出口,福田是座有爱的城市,留住了他的人更留住了他的心,那是他幸福生活的密码。